정말로 있었던

무서운 이야기

정말로 있었던
무서운 이야기

초판 발행 2007년 07월 19일
초판 23쇄 2021년 08월 15일

엮은이 송준의
일러스트 황혜현
펴낸이 이진곤
펴낸곳 씨앤톡
출판등록 제 313-2003-00192호(2003년 5월 22일)

주소 경기도 파주시 문발로 405 제2출판단지 활자마을
전화 02-338-0092
팩스 02-338-0097
홈페이지 www.seentalk.co.kr
E-mail seentalk@naver.com

ISBN 978-89-6098-014-3 03810

모델명 | 정말로 있었던 무서운 이야기 **제조년월** | 2021. 08. 15. **제조지명** | 씨앤톡 **제조국명** | 대한민국
주소 | 경기도 파주시 문발로 405 제2출판단지 활자마을 **전화번호** | 02-338-0092 **사용연령** | 10세 이상

정말로 있었던

무서운 이야기

송준의 엮음

씨앤톡

머리말

　우리 인간은 '이야기'라는 장르에 아주 큰 매력을 느낀다. 그리고 그 수많은 이야기 중에서도 '괴담', '귀신 이야기' 같은 공포물에는 특히나 많은 관심을 갖는 것 같다. 그렇다면 우리는 왜 이렇게 공포 이야기에 매달리는 것일까?

　동물 행동학자이자 노벨상 수상자인 K. 로렌츠는 공포로 인한 기피반응은 모든 종(種)에게 우선적으로 학습되며 평생 벗어날 수 없다고 한다. 기피반응이란 사람을 비롯한 대부분의 생물이 공포를 느끼면 본능적으로 도망치려고 하는 공통적인 습성을 말하는 것으로, 이것은 대대로 계승되는 본능적인 것이라고 한다.

　이처럼 공포의 맛을 알아버린 우리 인간은 누가 가르쳐 주지 않아도, 그리고 뻔히 무서울 줄 알면서도 '공포 이야기'에 관심을 갖고 누군가가 그런 이야기를 들려 주기를 간절히 바라는 것인지도 모르겠다.

　그래서 학창시절에는 비가 와서 운동장에 나가지 못하는 체육시간이나 진도가 다른 반보다 더 많이 나간 과목의 수업 시간이 되면 여지없이 담당 선생님을 졸라 뻔한 공포 이야기를 해 달라고 조르지 않았던가?

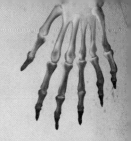

선생님이 들려주는 이야기의 결말은 항상 같다. 하지만 수 년 동안 덧붙여진 이야기 중간 중간의 에피소드들은 그 표현의 현란함이 가히 환상적이다.

이 책에는 공포와 관련된 다양한 이야기들이 나온다. 그리고 이 공포 이야기들이 기존의 이야기들과 다른 점은, 지어낸 이야기가 아니라 각 이야기의 글쓴이나 글쓴이의 주위 사람들이 직접 체험한 이야기라는 것이다.

그래서 여기에 나오는 이야기들은 소박하다. 그런데 신기한 것은 멋있고 장황하게 포장한 이야기보다 여기에 나오는 이야기들이 읽고 난 후에 되새겨보면 더 큰 공포심을 일으킨다.

공포! 그것은 어디에서 오는가?

이 책은 당신의 그 물음에 대해 다른 사람의 경험을 통해 이야기해 줄 것이다. 그리고 만약 매우 더운 한여름에 이 책을 읽고 더위를 잊게 되었다면 그것은 작은 덤에 불과할 것이다.

모쪼록 동시대인이 느끼는 공포의 의미를 알아가는 무서운 시간이 되기를 바란다.

차례

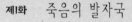

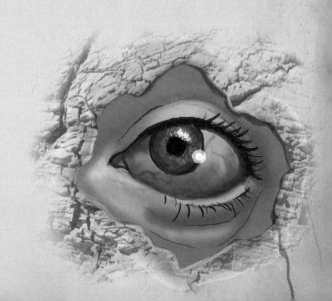

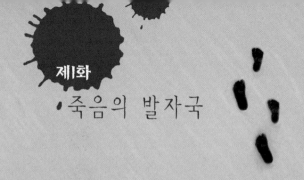

제1화
죽음의 발자국

어릴 적 내가 살던 곳은 산 하나를 사이에 두고 이웃 마을과 평화롭게 지내는 산골마을이었습니다. 두 마을 사람들은 기쁜 일이나 슬픈 일이나 항상 함께 나누면서 행복하게 지냈죠.

그러던 어느 겨울, 눈이 심하게 내리던 날, 맞은편 마을의 한 어른이 돌아가셨습니다. 우리 마을 사람들은 모두 문상을 가기로 했습니다. 저도 엄마 아빠 손을 잡고 따라 가게 되었답니다.

상갓집에 도착해서 문상을 하고는 모두들 둘러 앉아 돌아가신 분에 대해 이야기를 하기 시작했습니다.

그런데 돌아가신 어른이 어떻게 해서 죽었는지 그 원인을 아무도 모른다는 것이었습니다. 한 가지 확실한 사실은, 이 추운 겨울에 그 어른은 슬리퍼를 신고 눈길을 걸어 산을 올라가 어느 넓직한 바위 위에 누운 채 돌아가셨다는 것이었습니다.

그 어른을 평소 가까이에서 보아온 이웃집 아저씨는, 돌아가신 그 어른이 평소 그 바위를 그렇게 좋아하셔서 그 곳에 올라

아래를 내려다보곤 하시더니, 당신 돌아가실 것을 알고 거기까지 가서 돌아가셨나 보다고 하셨습니다. 하지만 돌아가신 곳이 워낙 험한 곳에다 눈까지 내려서, 시신을 수습하는 데에 무척이나 애를 먹었다고도 했습니다. 저는 어린 마음에도 '그 험한 곳까지 어떻게 슬리퍼를 신고 가셨을까?' 하고 생각했었습니다.

그런 이야기가 오고가는 도중에 우리 마을에서 함께 오신 밤나무집 아주머니가 농담투로 이렇게 말씀하셨습니다.

"참~! 노인네도, 아니 돌아가실 거면 자식들 편하게 집에서나 돌아가실 일이지, 어째 산 사람까지 고생을 시키고 그러시나, 원…… 쯧쯧쯧."

그러자 복숭아나무집 어른께서 "아직 상도 치르지 않았는데, 그런 말 하면 쓰나!" 하고 핀잔을 주고는 평소 돌아가신 어른의 착실하고 바른 삶을 이야기하셨습니다.

이런저런 이야기로 시간이 지난 무렵, 밤나무집 아주머니가 갑자기 먼저 돌아가야겠다고 일어서시는 것이었습니다. 그러자 밤나무집 아저씨가 조금만 있다가 같이 가자고 말렸습니다. 하지만 아주머니는 집에 꼭 무슨 일이 있는 것 같다면서 굳이 가겠다고 우겨대셨습니다. 그러자 밤나무집 아저씨도 함께 가자고 했습니다. 그런데 이상하게도 아주머니는 굳이 혼자 하겠다고 했습니다. 얼굴에 핏대를 세우며 워낙 거세게 우기는 바람에,

그럼 조심해서 가 있으라고 일러서 먼저 보내드렸습니다.

아주머니가 우리 마을로 떠나시는 것을 보고 뒤돌아서 방으로 들어오다가 저는 오싹! 소름이 끼쳤습니다. 돌아가신 어른의 영정이 살짝 웃는 것을 보았기 때문입니다. 우리 마을로 떠나는 그 아주머니의 등에 대고 비웃는 듯한 그 웃음! 저는 그 영정의 웃음을 생각하면 지금도 한밤중에 방안에 걸린 사진들이 나를 보며 그렇게 웃지 않을까 소름이 돋습니다.

그런데 그것은 정말 짧은 순간에 일어난 일이어서 엄마 아빠에게 말씀 드리지도 못했습니다. 저는 그 때, 아마도 내가 너무 겁이 많아서 그런 헛것이 보였을 것이라고 생각했습니다.

문상을 마치고 우리 마을 사람들은 모두 집으로 돌아왔습니다. 엄마와 아빠 그리고 나도 우리집에 돌아와서 잠잘 준비를 하고는 막 잠자리에 들려는 순간이었습니다.

"여보게! 복만이! 밤나무집 아주머니가 집에 없다는구만. 어서 좀 나와 보게!"

이웃집 아저씨가 이렇게 소리치시며 방문을 두드리셨습니다. 그러자 아버지는 엄마와 나에게는 집에서 꼼짝 말고 있으라 이르시고 이웃집 아저씨와 밤나무집으로 가셨습니다. 워낙 늦은 시간이라 나는 그런 아버지의 뒷모습을 보면서 스르르 잠이 들고 말았습니다.

얼마나 잤을까요? 아마도 새벽이 다 된 시간이었을 겁니다. 아빠가 혀를 끌끌 차시며 지친 얼굴로 들어오셔서는, 그 밤나무집 아주머니가 돌아가셨다고 했습니다. 깜짝 놀란 엄마가 무슨 영문인지를 물으셨습니다. 나는 아직 덜 깬 잠 때문에 비몽사몽간에 아빠가 엄마에게 떨리는 목소리로 자초지종을 이야기해 주시는 말씀을 들었는데, 대강 이런 내용이었습니다.

밤나무집 아저씨가 우리와 함께 마을로 돌아와 아저씨 집으로 갔는데, 아주머니가 집에 안 계셨답니다. 혹시 우리보다 먼저 집으로 돌아오시다가 산에서 무슨 사고라도 난 건 아닌지 걱정하면서 집안을 여기 저기 찾아보셨답니다. 그런데 아주머니는 분명 집에 들르셨다는 것을 알 수 있었답니다. 상갓집에 갈 때 입고 가신 옷이 방에 있었고 다른 옷으로 갈아입었으며, 신고 가셨던 신발도 집에 있었다는 것입니다. 그런데 이상하게도 슬리퍼가 없었다고 합니다. 그래서 아저씨는 '아니, 이 사람이 이 눈길에 슬리퍼를 신고 어딜 간 거야?' 하고 생각했다는군요.

아무리 찾아보아도 아주머니의 모습을 발견하지 못한 아저씨는 이웃집 아저씨에게 그 사실을 알려 도움을 요청했고, 잠시 후 마을 어른들이 모두 모여 함께 찾아보았답니다. 그런데 잠시 후, 뒤뜰에서 "이리로들 와 보시게!" 하는 외침이 들려 가 보니, 슬리퍼 발자국이 뒤뜰 담장 너머에 찍혀 있더라는 것이었습니다.

어른들은 슬리퍼 발자국을 따라가 보았답니다. 슬리퍼 발자국은 산으로 이어져 있었는데, 한참을 따라가다가 아버지는 이상한 생각이 들었답니다. 눈 위에 찍힌 발자국은 흔히 눈 위에 끌린 자국을 앞뒤로 남기게 마련인데, 아주머니의 슬리퍼 발자국은 똑바로 찍혀 있었다는 것이었습니다. 하지만 아버지는 그것을 다른 사람들에게는 말하지 않았다는군요.

슬리퍼 발자국은 깊은 산속으로 이어지는가 싶더니 다시 높은 산 쪽으로 이어졌다고 합니다. 험하고 눈 덮인 산길을 계속 헤쳐나가고 있는데, 앞선 아저씨 한 분이 소리쳤습니다.

"저어기, 저어 바위 위에 있는 거, 사람 아녀? 아, 밤나무집 아주머니 아닌가벼?"

아주머니가 발견된 것입니다. 모두들 고생고생 해서 아주머니가 있는 바위로 갔더니, 아주머니는 바위에 앉아 아래를 내려다보는 듯한 자세로 죽어 있었답니다. 그리고 아주머니의 슬리퍼 발자국은 거기까지 또렷하게 남아 있었다고 합니다.

아버지는 이야기를 마치시고는 이렇게 한 마디를 덧붙이셨습니다.

"아마도 그 어르신께서 아주머니의 시신만큼은 거두게 하신 게지 뭐. 입조심해야겠어!"

저는 나이가 든 지금도 한밤중에 가끔 어릴 적 그 때의 이야기가 생각나면, 방안의 사진들을 똑바로 쳐다보지 못하고 동생 방에서 함께 잠을 잡니다.

제2화

공포의 심부름

제가 중학교 2학년 추석, 시골 할아버지 댁에 갔을 때 실제 겪었던 일입니다.

할아버지 댁은 기차에서 내려 버스를 타고 한 시간을 넘게 가고도 한참을 걸어야 닿을 수 있는 산골짜기 동네였습니다. 하지만 도시와 많이 떨어져 있어서 주변 경치 하나만은 정말 좋았습니다. 산 아랫자락에 계곡을 막아 저수지를 만들어 놓았는데, 저수지 제방에서 내려다보는 풍경은 마치 TV 광고에서나 볼 수 있을 것 같은 아름다운 곳이었습니다.

밤 12시 기차를 타고 갔기 때문에 할아버지 댁에 도착한 것은 다음날 점심시간이 조금 안 된 무렵이었습니다. 할아버지 댁에는 큰아버지와 작은 아버지 그리고 고모님 두 분의 가족이 벌써 와 계셨습니다. 점심을 후다닥 해치운 나는 여동생과 함께 산으로 놀러 가기로 했습니다.

그런데 막 동생 손을 잡고 나가려는 순간 할머니께서 우리를 불러 세우시더니 이렇게 말씀하셨습니다.

"놀러 가냐? 조심해서 놀고 오너라. 아참! 너 전에 자주 놀러 가던 동네 저수지 있지? 거기는 가면 안 된다!"

"왜요?" 제가 이렇게 묻자 할머니는,

"요즘 거기에서 귀신이 나온다는 말이 있단다. 혹시 저수지에 빠질지도 모르니까 다른 데 가서 놀거라."

"예."

저는 건성으로 이렇게 대답하고는 할아버지 댁을 나섰습니다.

하지만 저수지를 너무나 좋아하는 저는 동생을 데리고 저수지로 향했습니다. 물이 얼마나 맑은지 파아란 물빛이 너무나 고왔습니다. 그리고 저수지 둑에서 내려다보니 꽃과 풀밭, 그리고 저 아래로 흐르는 강물까지 정말 환상적으로 예뻤습니다. 동생도 둑 위에 깔린 풀밭 위의 꽃을 따서 꽃반지를 만든다, 꽃목걸이를 만든다 하며 시간 가는 줄 모르고 놀았습니다. 어느새 해가 서쪽 능선으로 기울어 가는 것을 보니 배가 고파졌습니다. 아무 일 없이 잘 놀다가 할아버지 댁으로 돌아온 우리는 저녁을 맛있게 먹었습니다.

저녁을 먹고 아버지 형제분들과 할아버지 할머니는 이야기꽃을 피웠습니다. 그런데 어머니께서 저를 부르시더니 가게에 가서 전구를 사 오라고 하셨습니다. 부엌의 전기불이 나간 것입니다. 저는 돈과 손전등을 받아들고 가게로 갔습니다. 가게는 걸어서 15분 정도 걸리는데, 저수지를 지나서 있었습니다.

그날은 추석 전날이라 달빛이 워낙 밝아서 손전등은 필요가 없었지만, 워낙 시골이라 가로등이 전혀 없는 동네이다 보니 밤에 외출할 때는 손전등을 가지고 가는 것이 습관처럼 되어 있습니다. 저는 콧노래를 부르고 발로 박자를 맞추며 걸어갔습니다. 약 7, 8분 정도 걸었을까요? 바로 그 때 갑자기 주위가 어두워졌습니다. "어?" 하고 하늘을 올려다보니 큰 구름이 달님을 숨겨 버렸습니다. 그래도 여러 번 다니던 길이라 길을 잃지는 않았습니다. 저는 손전등을 켜고 콧노래를 부르며 발로 박자를 맞추면서 걸어갔습니다. 얼마 지나지 않아 저수지가 나왔습니다. 손전등으로 저수지의 물쪽을 비춰 보니, 출렁거리는 물결이 보였습니다.

이제 저수지 둑만 지나면 가게가 있습니다. 신발에 닿는 풀밭의 감촉이 푹신푹신하고 아주 좋았습니다. 그 감촉을 느끼며 둑위를 걸었습니다.

그런데 좀 이상한 느낌이 들었습니다. 풀밭을 헤치는 내 발자국 소리 말고 다른 발자국 소리가 들리는 것 같았습니다. 순간 저의 뒷머리가 삐쭉 서고 등줄기가 서늘해졌습니다. 저는 뒤를 돌아보지도 못한 채 한 발짝 한 발짝 걸음을 옮기면서 뒤쪽에 신경을 곤두세웠습니다. 그랬더니 정말 뒤에서 쓰윽~, 쓰윽~ 하는 발자국 소리가 들리는 것이었습니다. 저는 이제 다리 가 떨리기 시작했습니다. 그 소리는 멀리에서 가까이 쓰윽 ~ 쓰윽~ 쓰윽~ 쓰~윽! 다가오고 있었습니다. 저는 무서 워서 조심스럽게 발걸음을 빨리 했습니다. 그러자 뒤에서 들려 오는 발자국 소리도 쓱쓱쓱쓰~윽! 하고 빨라졌습니다. 그리고 얼마 못 가서 그 소리는 바로 등 뒤까지 바짝 따라붙었습니다. 온몸에서 소름이 돋고 뒷목이 뻣뻣해진 순간!

"얘, 어디 가니~, 나도 데려가~"

하는 목이 쉬어 타들어가는 목소리가 바로 뒤에서 들렸습니다. 저는 너무나 놀라서 발이 얼어붙어버렸습니다. 그러자 그 목소 리는 제 귀에 대고,

"얘, 어디 가니~, 나도 데려가~"

하고 속삭였습니다. 타들어가는 그 목쉰 소리가 제 귓속으로 무 섭게 파고드는가 싶더니 혓바닥 같은 것이 제 귓불에 닿았습니 다. 끈적끈적한 그 감촉은 무슨 썩는 냄새까지 풍기면서 몸서리 치게 했습니다.

더 이상 어떻게 할 수 없는 저는 다리에 힘이 풀리면서 그 자리에 풀썩 주저앉고 말았습니다. 몸을 가누지 못하고 주저앉은 찰라, 제가 들고 있던 손전등이 등 뒤의 무언가를 비췄습니다. 손전등의 빛이 닿은 거기에는 뼈밖에 안 남은 앙상하고 하얀 얼굴에 머리카락이 몇 가닥밖에 나지 않은 데다 흙탕물이 묻어 있었습니다. 그리고, 그리고 그 얼굴에는 눈동자가 없었습니다. 그것은 허연 눈알을 굴리고 입을 딱딱거리며 "어디 가~, 나도 데려가~"하면서 시커먼 팔을 나에게 뻗었습니다.

　순간 저는 손전등을 팽개치고 어디에서 그런 힘이 생겼는지 죽어라 하고 달렸습니다. 눈을 꼭 감고 계속 달렸습니다. 저 멀리서 "어디가~ 나도 데려가~"하는 소리가 계속 쫓아오는 것 같았습니다.

　정신을 차려 보니 저는 방안에 누워 있었습니다. 그리고 가족들이 저를 빙 둘러 내려다보고 있었습니다.

　"아니 어떻게 된 거냐? 너 혹시 저수지 둑으로 간 거 아녀?"

하고 할머니께서 물으셨습니다. "예." 하고 대답하자, 할머니께서는,

　"아니 이 늠아 저수지 쪽에는 가지 말라고 했잖아, 이 할미가! 거기는 얼마 전에 저수지에 빠져 죽은 그 귀신이 나온단 말여."

혹시 우리 할아버지 할머니께서 사시는 동네 쪽으로 가게 될 일이 있더라도, 밤에 그 저수지에는 가지 마세요. 경치는 정말 아름답고 멋있지만, 거기에는 정말 귀신이 있답니다.

거기가 어디냐구요? 거긴 말이죠…….

제3화
흔들리는 여자

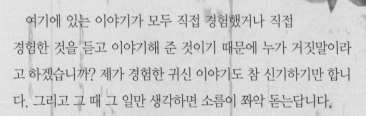

여러분은 이 책을 읽으면서 귀신이 진짜로 있다고 믿으십니까? 대부분은 이런 책을 읽으면서 '귀신은 무슨 귀신이 있다고 그래?' 하면서 그냥 재미로만 읽으시죠? 하지만 귀신은 정말 있습니다. 제가 직접 경험했으니까요.

여기에 있는 이야기가 모두 직접 경험했거나 직접 경험한 것을 듣고 이야기해 준 것이기 때문에 누가 거짓말이라고 하겠습니까? 제가 경험한 귀신 이야기도 참 신기하기만 합니다. 그리고 그 때 그 일만 생각하면 소름이 좌악 돋는답니다.

제가 초등학생 때였습니다. 우리 동네는 시골이기는 하지만, 도시에서 멀지 않고 버스도 다녔으며 가게도 있는 제법 규모가 되는 동네였습니다. 물론 시골이다 보니 학교가 하나밖에 없어서 저는 버스를 타고 학교에 가야 했습니다.

버스 정류장은 다리 바로 앞에 있었고, 버스를 타면 곧바로 다리로 진입해 다리 건너편에 있는 효자각를 지나 약 20분 정도를 달려야 학교에 도착합니다. 효자각은 동네 사람들이 함께 쓰는 정자입니다.

어느 날 아침, 학교에 가려고 버스를 기다리고 있었습니다. 그날따라 제가 조금 일찍 나오는 바람에 정류장엔 친구가 하나도 없었습니다. 버스가 오기를 기다리는데, 갑자기 바람이 쌩! 하고 불더니 먼지가 날렸습니다. 저는 먼지를 피하려고 다리 건너 효자각이 있는 쪽으로 몸을 돌렸습니다.

바로 그 때, 효자각 옆에 서 있는 소나무에서 뭐가 펄럭이는 것이 보였습니다. 하얀 종이 같은 것이 걸려 있는 느낌이었습니다. 바람에 종이나 천 조각이 날려 걸렸다 보다 생각하고 다시 버스를 기다리는데, 또다시 난데없는 바람이 쌩! 하고 불며 먼지를 날렸습니다. 저는 다시 바람을 피하려고 효자각 쪽으로 몸을 돌렸습니다.

바로 그 순간, 제 몸은 소름이 쫙 끼쳤습니다. 효자각 옆에 있는 소나무에 하얀 소복을 입은 여자가 머리카락을 휘날리면서 목을 매달고 흔들거리고 있었기 때문입니다. 저는 헛것을 본 것이 아닌가 싶어 고개를 빼서 눈을 크게 뜨고 다시 보았습니다. 그랬더니 정말 또렷하게 여자의 시체가 목을 매단 채 흔들리고 있는 것이었습니다.

저는 순간 너무나 겁이 나서 엄마가 운영하시는 음식점으로 마구 뛰어들어갔습니다.

"엄마! 엄마!" 제가 숨넘어갈 것처럼 부르는 소리에 음식 준비를 하시던 엄마는 깜짝 놀라시며, 왜 그러느냐고 물으셨습니다.

"저기 효자각 있잖아요, 거기 소나무에 여자가 목매달려 있어요! 빨리 와 보세요."

제가 이렇게 말하자 엄마는, "아니 얘가 아침부터 무슨 일이라니?" 하시며 엉뚱하다는 듯 쳐다보셨습니다. 저는 다급한 마음에 엄마 손을 끌면서, "빨리요, 빨리 와 보시라니까요!" 하고 엄마 손을 끌고 버스 정류장까지 갔습니다.

버스 정류장으로 가 보니, 친구 두 명이 학교에 가려고 나와 있었습니다. 그리고 효자각 옆에 있는 소나무에는 아무 것도 걸려 있지 않았습니다.

"원~ 녀석하고는……. 어서 학교나 다녀와 이눔아!" 하시며 꿀밤을 한 대 먹이시고는 음식점 쪽으로 가 버리셨습니다.

친구들이 같이 있어서 무서운 마음은 들지 않았지만, 소나무에 걸려 있던 그 여자만 생각하면 소름이 온몸을 타고 흘렀습니다. 그리고 그 이후로는 효자각 근처에는 잘 가지 않게 되었습니다.

그리고 며칠이 지났습니다. 학교를 마치고 집에 돌아와 음식점을 하시는 엄마를 도와 드리고 있었는데, 웬 아주머니 한 분이 가게로 들어오시더니 자리에 앉으셨습니다. 그래서 제가 물을 가져다 드리면서 뭘 드시겠냐고 물었습니다. 그랬더니 그 아주머니가 대뜸 저에게 이렇게 물으시는 겁니다.

"너 저기 효자각 근처에서 무슨 이상한 것 본 적 없니?"

심각한 얼굴로 물어보시는 바람에 저는 덜컥 겁이 나서, "아, 아……니오."라고 대답하고 말았습니다. 그랬더니 그 아주머니는 내 눈을 뚫어져라 쳐다보시더니, 이내 표정을 부드럽게 바꾸고는 비빔밥을 주문하셨습니다. 비빔밥을 다 드신 아주머니는 엄마를 찾으시더니 또 이렇게 말씀하셨습니다.

"이 동네에 장가 못 간 총각들 많지?"

그러더니 효자각 큰 소나무에 소복 입은 여자가 목매달아 죽었는데, 그 귀신 때문에 이 동네 총각들이 장가도 못 가고 일찍 죽는다고 했습니다.

"난, 다 보인다니까! 이 동네에도 분명 본 사람이 있을 텐데……"하시며 저를 뚫어져라 쳐다보셨습니다. 그 눈빛이 또 얼마나 강렬한지, 저는 꼼짝할 수가 없었습니다.

어머니는 지난번에 제가 효자각 옆 소나무에서 이상한 것을 보았다고 한 일을 생각해 내시고는 동네 어른들과 상의하여, 그 아주머니의 말을 따르기로 했습니다. 그랬더니 아주머니는 효자각 근처에 우물을 파게 하셨습니다. 그런데 신기하게도 그 이후로 동네에 총각들이 장가를 가게 되는 경사가 이어졌습니다.

그리고 몇 년이 지났습니다. 제가 중학교에 들어갈 나이가 될 쯤이었나요? 어느날 동네 총각이 농약을 먹고 자살하는 일이 생겼습니다. 동네 어른들은 다시 그 아주머니를 찾아가서 도움을 요청했습니다. 아주머니가 오셔서 한참이나 동네를 돌아보시더니, 지난번에 판 우물의 물을 다 빼고 들어가 보라고 하셨습니다.

그랬더니 누가 그랬는지 우물 바닥에 커다란 바위가 놓여 있더랍니다. 아주머니는 누군가가 우물에 빠뜨려 우물을 막으려 한 것이라고 했습니다.

나중에 알고 보니 그 아주머니는 무당 일을 하시는 분이었습니다. 제가 하도 어릴 적에 겪은 일이라서 그 소나무에 목매달아 죽은 처녀가 무슨 사연으로 그렇게 되었는지, 또 우물을 판 것이 왜 원한을 풀게 하는 역할을 했는지, 누가 우물에 바위를 넣었는지 등은 잘 기억이 나지 않습니다. 아마도 어린아이라서 부모님이나 동네 어른들이 쉬쉬 하셨을 겁니다.

서울로 이사를 온 지 오래된 지금도 어릴 적의 그 일을 생각

하면, 소름이 돋으면서 다시는 그런 광경을 보지 않았으면 하고
기도하곤 합니다.

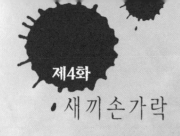

제4화

새끼손가락

저는 체육학과에 다니는 3학년 학생입니다. 체육학과 학생들은 합숙훈련이라는 것을 많이 다닙니다. 공기가 맑고 체력 훈련에 좋은 곳을 찾아다니다 보니 가끔은 인적이 드문 곳을 찾아다니기도 합니다. 그리고 그런 곳을 찾아다니다 보면 가끔 이상한 일을 겪게 되는데, 대부분은 선배들의 장난이나 뭘 잘 몰라서 실수 때문에 생긴 오해가 원인인 경우가 많습니다. 그래서 무슨 귀신 이야기다 하면 별로 무섭지도 않게 생각합니다.

그런데 바로 작년 여름 합숙훈련 때에는 정말 믿지 않을 수 없는 일을 실제로 경험하고 보니, 그런 일이 실제로 있다는 것을 의심하지 않게 되었습니다.

작년 여름, 방학을 맞이하여 개별 훈련에 지친 우리는 선후배들이 모여 합숙훈련을 떠나기로 하였습니다. 합숙훈련이라고는 하지만 어느 정도는 함께 어울려서 노는 기분도 있기 때문에 모두들 신이 나 이었습니다.

고되지만 보람찬 훈련 일정이 모두 끝나는 날 저녁, 훈련대장은 공식 훈련을 마치고 저녁 식사를 한 후, 술자리를 가질 수 있도록 해 주었습니다. 훈련도 훈련이지만, 합숙훈련의 꿀맛은 바로 여기에 있었습니다.

한 잔씩 돌아가는 술 잔 속에서 동료애도 싹트고 선후배 사이의 우애도 돈독해지는 법입니다. 어느 정도 취기가 돌아갈 즈음, 선배 하나가 재미있는 제안을 하였습니다. 제안인 즉 각자가 알고 있는 무서운 이야기를 하나씩 하자는 것이었습니다.

모두들 재미있겠다고 말하며 자기들이 알고 있는 무서운 이야기를 하나씩 꺼내기 시작했습니다. 처녀 귀신의 복수라든지, 억울하게 죽은 사람의 복수라든지, 가위에 눌린 이야기 등 여러 가지 이야기가 줄줄줄 이어나왔습니다. 얼마나 이야기를 했을까요? 이제 분위기가 지겨워지려는 순간, 맨 처음에 무서운 이야기를 하자고 제안했던 선배가 주위를 집중시키더니, 자기가 마지막으로 이야기 하나를 해 주겠다고 했습니다. 그리고 이런 이야기를 들려주었습니다.

선배가 어느 날 꿈을 꾸었는데, 강가에서 처음 보는 할머니께서 뭔가를 찾고 계시더라는 겁니다. 그래서 선배는 그 할머니에게 다가가서 뭘 그렇게 열심히 찾으시느냐고 물었다고 합니다. 처음에는 아무 대답도 않고 선배를 못 본 척하던 할머니는 선배가 계속 물어 보자 그제서야 대답하셨다고 합니다.

"손가락!"

그러고 보니 할머니의 오른 손에는 새끼손가락이 없더랍니다. 그리고 그 모습을 본 순간 왠지 무슨 사명감 같은 것이 생겨서 꼭 그 손가락을 찾아 드려야겠다는 생각이 들더라는 겁니다. 그래서 선배는 열심히 손가락을 찾기 시작했답니다.

그런데 한참 손가락을 찾던 선배는 이상한 생각이 들었습니다. 자기는 정말 열심히 손가락을 찾고 있는데, 정작 할머니 자신은 왠지 손가락을 찾을 생각이 없는 것 같은 느낌을 받았다는 겁니다. 그래서 속으로 약간 짜증이 나려는 순간, 마침 강 위에서 흘러내려오는 새끼손가락을 발견한 것입니다. 선배는 너무나 기뻐서 새끼손가락을 할머니께 드렸다고 합니다. 그런데 웬일인지 할머니의 표정이 전혀 기뻐하는 기색이 아니더랍니다. 아니, 오히려 불쾌한 표정을 지으며 뭐라고 중얼거리시더니 손가락을 받으시고는 어디론가 투덜거리며 가 버리셨다고 합니다.

"에~이! 뭐야? 그게 다예요?"

이야기가 싱겁게 끝나자 다들 선배에게 한 마디씩 했습니다. 그러자 선배는 꿈 이야기가 무서운 게 아니라 지금부터 하는 이

34

야기가 진짜 무서운 이야기라며 이런 말을 해 주었습니다.

이 이야기는 선배가 직접 겪은 것이기도 하지만, 사실은 이런 꿈을 꾼 것은 선배의 선배로부터 들은 이야기라는 겁니다. 그러니까 이 꿈 이야기를 들은 사람은 누구나 이와 똑같은 꿈을 꾸게 된다는 것입니다. 왜 그러는지는 선배도 알 수 없다고 하였습니다.

"에~이! 그런 게 어딨어요? 결국 두 번이나 속이시는구나. 뭐 하나도 안 무섭네."

다들 이런 반응이었습니다. 그러자 선배는 그렇다 아니다 대답도 없이 입가에 이상한 미소를 지으며 술을 한 잔씩 더 돌렸습니다. 흥이 깨진 우리는 선배가 따라 주는 술잔을 기울이며 자리를 대충 정리하고, 이미 새벽이 되어 버린 밤을 잠자리에 들었습니다. 내일이면 집에 가는구나 하는 생각에 마음이 편안해지고 술기운도 적당히 올라온 저도 잠자리에 들어 곧바로 잠이 들어버렸습니다.

다음날 아침, 다른 사람들보다 약간 늦게 잠에서 깬 저는 약간 찜찜한 기분으로 세수를 하러 밖으로 나갔습니다. 모두들 세수를 마치고 삼삼오오 모여 무슨 이야기들을 주고받고 있었습니다. 그런데 표정들이 별로 좋지 않은 것 같았습니다. 그래서 저는 우리 동기들이 있는 무리로 가서는 이렇게 물었습니다.

"너네들도 그 꿈 꿨냐?"

그랬더니 동기들은 경악하는 표정을 지으며 이렇게 말하는 것이었습니다.

"응! 맞아. 어제 그 자리에서 그 이야기를 들은 사람들은 모두 그 꿈을 꾸었나봐."

그러니까 그 선배의 말대로 정말 모두 같은 꿈을 꾼 것입니다. 사실 저도 꿈을 꾸었습니다. 강가에 제가 서 있는데, 저기에서 할머니가 무엇을 찾고 있는 것이었습니다. 그래서 할머니께 다가가 무엇을 하시느냐고 물었더니, 손가락을 찾고 있다고 했습니다. 그 대답을 듣는 순간 저는 간밤의 선배의 이야기가 생각나서 무서운 생각이 든 나머지 마구 도망치고 말았습니다. 한참 도망치다 보니 패스트푸드점이 나타났습니다. 그래서 거기에서 한숨을 돌리며 햄버거를 하나 시켰는데, 그 햄버거를 배어 무는 순간 손가락이 나와서 깜짝 놀라며 꿈에서 깨어났던 것입니다.

그 날 집으로 돌아오는 차 속에서 모두들 각자 자기의 꿈 이야기를 했습니다. 이야기를 들어 보니, 할머니를 만나서 무엇을 찾는지 물어 보고, 손가락을 찾는다는 부분까지는 똑같았습니다. 그리고 그 이후의 이야기는 원래 이야기처럼 그 강물에서 찾았다는 사람, 포기하고 집으로 돌아왔는데, 초인종 누르는 단추에 손가락이 달려 있었다는 사람, 볼펜을 꺼내려고 필통을 여는 순간 거기에서 손가락이 나왔다는 사람 등등 다양했습니다.

한참 그런 이야기를 주고받고 있는데, 한쪽에서 1학년 후배 하나가 아무 말도 하지 않고 있는 것이었습니다. 그래서 왜 그러느냐고 물었더니 자기도 똑같은 꿈을 꾸기는 했는데, 자기는 손가락을 발견하지 못했다는 겁니다. 그래서 후배는 할머니께 도저히 손가락을 찾을 수 없다고 말했답니다. 그랬더니 그 할머니가 오히려 너무나 좋아하면서 깔깔깔깔 웃더니 어깨춤을 덩실덩실 추면서 가 버리더라는 것입니다. 그 모습을 본 후배는 너무나 기분이 나빠 잠에서 깨어났다는 겁니다. 그리고 그 할머니의 표정이 지금도 생생해서 속이 매스꺼울 정도라고 했습니다.

그러자 선배 하나가 과일 하나를 던져 주며 그런 건 잊고 이제 우리의 일상으로 돌아가자고 했습니다. 우리는 그렇게 의미 있고 약간은 황당한 경험을 하고 모두들 아무 일 없이 집으로 돌아왔습니다. 그리고 그 다음날부터 학교에 나와 다른 때와 다름없이 훈련을 한다, 친구를 만난다, 영화를 본다 하며 일상을 꾸려 나갔습니다.

그러던 어느 날, 동기 한 녀석이 헐레벌떡 나에게 달려오더니, 이렇게 말하는 것이었습니다.

"야, 왜 있잖아, 걔!"

"누구?"

"아, 왜, 우리 합숙훈련 갔을 때 마지막 날 꿈속에서 손가락을 못 찾았다고 울상 짓던 그 후배 있잖아~!"

"아~, 걔! 걔가 뭐?"

"아, 걔가 글쎄 선풍기에 새끼손가락이 끼어서 잘라져 버렸대. 어찌나 심하게 다쳤는지 봉합 수술도 안 된다네."

쿵!

뭔가로 뒤통수를 호되게 얻어맞은 듯한 느낌을 받으며, 우리는 할 말을 잊고 서로 바라만 보고 있었습니다.

아마도 제 생각인데요, 이 책을 읽은 여러분도 이 이야기를 들은 거나 마찬가지이니까, 어쩌면 똑같은 꿈을 꾸게 될지도 모르겠습니다. 아니, 분명히 이런 꿈을 꿀 겁니다. 그러면 꼭 손가락을 찾아야 합니다. 만약 꿈속에서 손가락을 찾지 못한다면, 그 꿈을 꾼 이후 언제 어느 순간에 당신의 손가락 하나를 그 할머니가 가져가 버릴지도 모르거든요.

제5화
공포의 실습실

의사가 되는 길은 아주 험난하다고 합니다. 수많은 신체의 이름들을 외워야 하고 신체 구조를 구석구석 알아야 하며, 사람이 걸리는 병을 알아야 하고, 그 병을 치료하는 데에 가장 좋은 방법들을 익혀야 하는 것은 물론, 치료 과정에서 생길 수 있는 부작용까지 머리 속에 넣어 두어야 합니다.

의대생들에게 가장 큰 추억(?)은 아무래도 해부학이 아닐까 합니다. 사람의 사체를 직접 열어 보고 각 부위들을 직접 눈으로 확인하고 만져보는 일은 어떤 느낌일까요? 물론 사람마다 다르겠지만, 아무래도 겁을 먹는 사람들도 있을 겁니다.

제가 아는 한 누님이 의대 외과를 전공했습니다. 그런데 그 누님은 중간에 정신적인 충격을 받아 그만 도중에 학업을 포기하고 말았습니다. 누님에게는 무슨 일이 있었길래 그 힘든 입시를 통과해서 의대에 갔으면서도 도중에 학업을 포기한 걸까요? 다음은 그 누님에게서 어렵게 전해들은 이야기입니다.

누님이 이 이야기를 할 때는 정말 눈에 광기까지 느껴질 정도로 그 눈빛이 강렬했으며, 나중에는 눈물까지 뚝뚝 흘리는 것으로 보아 절대 지어낸 이야기가 아니라는 것을 느낄 수 있었습니다.

그러니까 그 일은 누님의 팀이 한창 해부 실습에서 다른 팀을 물리치며 선두를 달리고 있을 때 일어났다고 합니다. 참! 제가 나이를 제법 먹었기 때문에, 누님이 대학을 다닐 때는 휴대폰은 물론 삐삐도 없을 때였다고 합니다.

1학기 해부 실습 마지막 날, 여느 때와 다름없이 누님의 팀은 마지막 보고서를 작성하기 위해 해부실로 들어갔습니다. 그리고 사체 하나를 해부하기 시작했다고 합니다. 누님 팀에는 누님과 가장 친한 친구가 한 분 있었는데, 성적이 가장 좋아서 누님 팀은 그 친구의 덕을 톡톡히 보고 있었다고 합니다. 그 날 실습을 통한 보고서는 한 학기의 성적이 걸린 중요한 것이어서 모두들 맡은 파트를 해부하고 보고서를 작성하느라 여념이 없었다고 합니다. 어찌나 열심히들 하는지 누가 나가고 누가 들어오는지도 모른 채 열심히 실습을 진행했다고 합니다.

오후 세 시부터 실습이 시작되어 간단한 저녁 식사 후 정신없이 실습에 매달리고 있는데, 팀원 중 한 사람이 자기 것은 모두 끝냈다면서 내일 오후 세 시에 세미나실에서 만나 각자의 보고서를 발표하기로 하고 먼저 실습실을 나갔답니다. 그리고 얼마 있다가 또 한 사람이 나가고……, 그렇게 자기 파트를 마친 사람은 먼저 돌아가서 세미나에서 발표할 자료를 정리하기로 했답니다.

누님도 간신히 자신의 파트를 모두 끝내고 나가려는데, 누님과 친한 그 친구 분이 아직 다 끝내지 못하고 남아 있었다고 합니다. 그래서 누님은 친구 분에게 "어지간히 하고 가자."고 했는데, 친구는 좀 더 하고 갈 테니 먼저 가라고 했답니다. 실습실을 둘러보니, 저쪽 구석에서 팀원 한 명이 벽을 향해 실습에 열중하고 있는 모습이 보여, 누님은 "그럼, 내일 봐!" 하면서 실습실을 나왔다고 합니다.

그 날 밤, 누님은 자다가 꿈을 꾸었답니다. 꿈속에서 그 누님 친구가 집에 찾아와서는 대문을 계속 두드리더라는 겁니다. 그래서 창문으로 내다보면서 들어오라고 했더니, 친구가 이렇게 말하더라는 겁니다.

"문이 잠겨 있어서 나갈 수가 없어, 얘! 빨리 와서 열어 줘."

누님은 그 말이 이상하게 들렸답니다. 그렇죠, 보통은 남의 집에 왔으면 문이 안 열려서 '들어갈 수 없다'고 해야 하는데, '나

갈 수가 없다'고 하더라는 겁니다. 그래서 누님
은 "얘가 무슨 소리야! 얼른 들어와!" 하며 소리
를 치다가 그만 잠에서 깨어났다고 합니다. 누님은 꿈
이 좀 이상하기는 했지만, 며칠에 걸친 실습에다 내일 세미
나실에서 있을 발표를 준비하느라 몸이 너무 피곤했기 때문
에 그만 스르르 잠이 들고 말았답니다.

　다음날 오후 세 시, 세미나실. 모두들 모여서 각자 발표할 것
을 준비하고 있는데, 누님 친구가 보이지 않더라는 겁니다. 그
래서 누님이 "얘들아, ○○이 못 봤니?" 하고 물었더니, 아무도
본 사람이 없었답니다. 그래서 이번에는 "어제 ○○이하고 마
지막까지 남아 있던 사람이 누구니?" 하고 물었더니, 한 팀원이
이렇게 대답하더라는 것이었습니다.

　"야, 어제 내가 나올 때 보니까 ○○이하고 너만 있던데 뭘 그
래?"

　하지만 누님은 자신이 나올 때 분명 한 명 더 있었다고 했더니,
다른 팀원이 또 이렇게 말하더랍니다.

　"얘, 어제 내가 끝에서 네 번째로 나왔는데, 너네 셋 밖에 없
었어."

　누님은 순간 뒷머리가 꼿꼿이 서면서 어젯밤 꿈이 생각났답

니다. 그래서 팀원들을 데리고 실습실로 갔다고 합니다. 실습실에 갔더니 문이 잠겨 있어서, 수위 아저씨께 달려 가 열쇠를 받아 다시 실습실로 달려 왔답니다.

그리고 문을 연 순간! 누님은 끔찍한 광경을 목격하고 는 그 자리에서 실신하고 말았답니다.

모든 시설물이 피가 묻은 채 어지럽게 내팽개쳐져 있었고, 문은 손자국도 선명하게 두드려져서 움푹움푹 들어간 곳이 수십 군데나 되었으며, 벽은 온통 뭔가 날카로운 것으로 긁은 자국이며, 네 줄로 된 핏자국이 세로로 나 있었답니다. 필시 손가락에 물감을 묻혀서 위아래로 내려 긁은 것처럼 말입니다. 물론 누님 친구 분은 문 바로 앞에 쓰러져서 죽어 있었구요. 사인은 과다 출혈이었답니다. 그리고 그 분의 손가락! 그 손가락은 모두 길이가 반 정도밖에 남지 않았었다고 합니다.

처음에는 모두들 문이 밖에서 잠겨서 시체와 단 둘이 있는 것이 무서워서 누님 친구가 나오려고 발버둥을 치다가 결국 죽고 말았다고 생각했는데, 팀원 중 한 명이 이상한 점을 발견했다고 합니다. 그것은 그 친구 분의 옷이 찢겨 있고 얼굴이 온통 부어 있는가 하면 몸에도 뭔가에 긁힌 상처가 있는 등, 꼭 누구와 싸운 것 같은 흔적이 역력했다는 점입니다. 하지만 실습실 안에는 아무도 없었으니 어찌된 영문인지 아무도 알 수가 없었다고 합니다.

친구 분의 시체가 병원으로 옮겨지고 경찰관들이 와서 현장을 봉쇄한다, 실습실 내부를 감식한다느니 부산한 가운데, 팀원들은 급히 누님 친구의 시체가 실려간 병원으로 가려고 실습실 건물을 빠져나왔답니다. 그런데 건물을 다 나와갈 즈음, 팀원 중 한 명이 잠시 화장실에 들른다고 갔더니, 화장실 모퉁이에서 수위 아저씨가 청소 아주머니에게 이렇게 말하는 소리를 들었다고 합니다.

"아 글쎄, 어제 그 실습용 사체 말이야. 그거 옮기는데, 실습실 앞에서 한 동안 꼼짝을 않더라구. 왠지 꺼림칙하다 했더니 기어코 사고를 치는구만 그래, 쯧쯧쯧……."

"아니, 그럼 그 사체에 구신이라도 씌었단 말씀이오?"

"아, 그러지 않고서야 그런 일이 일어날 수 있간디?"

"그나저나 그 처자가 얼마나 무섭고 고통스러웠을꼬! 그 닳고 닳은 손가락 좀 봐요, 글쎄. 우리 같으면 살짝 종이에 베이기만 해도 아퍼 죽겠다고 난리를 칠 판인디 말유."

제6화
성묘길

어린 시절의 무서운 기억은 어른이 되면 이렇게 담담하게 이야기할 수 있는 모양입니다. 그 때는 그 일이 너무나 무서워서 몇 년 동안은 절대 산에 오르지 않았으니 말입니다.

아마도 제가 초등학교 3학년이나 4학년 때였을 겁니다. 추석을 맞아서 엄마 아빠와 함께 할아버지 댁으로 추석을 쇠러 갔습니다. 할아버지 댁에 가는 길에 엄마는 내내 마음이 좋지 않았던 것 같았는데요, 저는 마냥 즐겁기만 했습니다. 왜냐면 아빠 형제분들이 많아 오빠며 언니며 동생들을 많이 볼 수 있기 때문입니다. 특히나 오빠들은 저를 어찌나 예뻐했던지 서로 저와 놀려고 했으니까 말이죠. 그래서 전 제가 하고 싶은 것을 다 할 수 있었습니다.

추석 전날 어른들은 무척이나 바쁘셨지만, 우리 꼬맹이들은 할아버지 댁 앞개울이며 개울 너머 들판이며 마구 뛰어다니며 신나게 놀았습니다.

추석날 아침 차례를 벌써 마치고 뒷정리까지 끝냈는지 엄마가 저를 깨우셨습니다. 아침 먹고 성묘를 가야 한다면서 어서 일어나 세수하고 머리도 예쁘게 묶으라고 하셨습니다.

산소는 앞산 중턱에 있었습니다. 산소까지는 제법 시간이 걸렸습니다. 차례음식을 나누어 든 어른들도 조금은 버거워하는 거리였던 것 같습니다. 저는 사실 성묘를 따라간 게 그 때가 처음이었습니다. 그 전까지는 사촌 오빠들과 할아버지 댁에 있도록 했으니까요.

저는 처음 가 보는 성묘라서 사촌언니의 손을 잡고 조심조심 산길을 따라 갔었는데 어찌나 가파른지 지금 생각하면 왜 거길 따라가겠다고 했는지 모르겠습니다.

성묘를 마치고 내려오는 길. 저를 포함한 꼬맹이들은 누가 먼저 가나 내기라는 하는 듯, 산 아래를 향해 뛰어 내려갔습니다. 물론 저도 지지 않으려고 안간힘을 쓰며 언니 오빠들 뒤를 따라서 열심히 내려갔습니다. 물론 맨 꼴찌임은 말할 나위도 없었지요. 한참을 내려가는데, 언니 오빠들은 저만치 앞에 가고, 어른들은 저만치 뒤에 오고 계셨습니다. 중간에 어정쩡하게 있던 저는 앞을 따라잡을까 뒤에 오는 어른들을 기다릴까 고민하고 있는데, 바로 그 때였습니다.

"애! 조심해서 가야지~! 이리 와 언니가 손 잡아 줄게."

어? 앞에 간 줄 알았던 사촌 언니 하나가 제가 내려온 길의 모퉁이를 돌아나오며 저를 불러세웠습니다. 저는 잘됐다 생각하면서 언니 손을 잡았습니다.

그런데 언니 손을 잡은 순간! 언니의 손이 얼음을 만진 것처럼 차가웠습니다.

"언니, 손이 너무 차갑다~."

하며 제가 언니 손을 놓으려 하자, 언니는 손에 힘을 주며 제 손을 놓아주지 않았습니다. 그러면서 무표정한 얼굴로 제 손을 잡아끌며 산 아래로 걸어가는 것이었습니다. 저는 하는 수 없이 언니 손을 잡고 따라가지 않을 수 없었습니다.

한참을 가는데, 제 손이 너무 차가워져 몸까지 추워지는 느낌이었습니다.

'아이 참! 언니는 왜 이렇게 손이 차가운 거야?'

속으로 이렇게 생각하면서 손을 놓고 싶은 마음이 굴뚝같았습니다. 하지만 왠지 그럴 수가 없겠다는 느낌이 저에게 그렇게 하는 것을 말리고 있었습니다. 그리고 또 한참을 가고서, 저는 도저히 참을 수 없게 되었습니다. 그래서 언니에게 막 뭐라고 할 찰라!

"아가! 할미랑 같이 가자!"

저 뒤에서 할머니께서 저를 부르셨습니다. 그러자 사촌 언니는 갑자기 제 손을 놓으면서,

"나 먼저 내려갈게."

하며 산을 내려가 버렸습니다. 그리고 저는 뒤에 오시는 어른들과 함께 산을 내려왔습니다. 산 아래에서는 언니 오빠들이 싱글벙글 하면서 기다리고 있었습니다.

"에이~, 꼴찌래요, 꼴찌래요!"

하면서 저를 놀려댔습니다. 그러더니 아까 그 사촌언니가,

"너 어딨었니? 언니가 한참 찾았는데……."

하면서 제 뺨을 어루만져 주었습니다. 그 손이 참 따뜻했습니다. 그래서 저는 아까 내 손을 잡아주었지 않느냐고 말하려고 했습니다.

"아니, 아까……."

"아까 뭐? 누가 손이라도 잡아 줬어?"

순간 저는 아무 말도 할 수가 없었고, 대신 울음이 터져 나왔습니다.

"으아아아아아앙!"

"어머 어머, 얘 좀 봐. 언니가 같이 내려오지 않았다고 삐졌구나!"

나중에 나이가 들고 나서 사촌 언니에게, 그 때 혹시 나한테 장난을 친 건 아닌지 물어 보았더니, 언니는 깜짝 놀라며 이렇게 말하는 것이었습니다.

"그럼, 그 때 넌 내가 손을 잡아 주지 않았다고 운 게 아니었구나. 난 그 날 우리 엄마 아빠한테 얼마나 혼났는데. 동생 손도 안 잡아줬다고 얘. 어머! 그럼 그 여잔 누구니?"

제7화

그 여인을 본 적 있습니까?

남자에게 여자는 무엇인가요? 예전에 여름방학이면 TV에서 하던 '전설의 고향'에서도 떠돌이 장돌뱅이가 예쁜 여인에게 반해서 쫓아갔다가 목숨을 잃는 장면을 종종 볼 수 있었습니다. 꼭 그런 것은 아니지만, 젊은 시절엔 예쁜 여자를 보면 마음이 두근거리곤 했습니다.

이 이야기는 제가 학교를 다니다가 군대에 들어가 백일휴가를 나왔을 때 겪은 것입니다. 지금도 어찌된 영문인지 알 수는 없지만, 하도 이상하고 그 여자 아이의 얼굴이 생생하게 기억나서 한 번 들려 드리려 합니다.

제가 다니는 학교는 서울에 위치한 대학교로 낙산공원을 옆에 두고 있습니다. 낙산공원은 경치가 좋고 인적도 드문드문해서 술 마시기 딱 좋은 곳이라 입대 전부터 동아리 사람들과 술을 마시곤 했는데, 백일휴가를 나온 그날도 그 공원에서 동아리 사람들과 술을 마시고 있었습니다.

저녁 8시가 넘었을 무렵, 몇 분 전만 해도 안 보이던 여학생이 언뜻 보였습니다. 매혹적인 빨간 원피스의 여자. 동아리에서 본 적이 없는데 누굴까 생각하다가 저는 제 다음기수로 들어온 동아리 후배겠거니 하고 다시 술을 마셨습니다. 보통 동아리 사람들이 술을 마실 때는 꼭 몇 시에 만나야 한다는 규칙이 있는 게 아니라, 일찍 온 사람은 일찍 온 대로, 늦게 온 사람은 늦게 온 대로, 또 일찍 갈 사람은 가고, 늦게 가도 되는 사람은 늦게까지 함께 마시고 하는 그런 분위기였기 때문에 그 시간에 왔다고 해서 아무도 이상하게 생각하지 않았습니다.

저는 옆 사람과 이야기도 하고 술도 마시면서 가끔 그 여자가 있던 곳을 보곤 했는데, 몇 번인가 보고 얼마 지나지 않아 금방 또 어디론가 사라지고 없었습니다. 그래서 저는 어디 가는 길에 잠깐 들렀나 보다 생각했습니다.

그럭저럭 나의 백일휴가를 위해 모여준 사람들과 이야기도 나누고 술도 마시며 놀다 보니 밤 11시가 되었습니다. 그래서 모두들 집에 가기 위해 자리를 파하자고 했고, 저도 친구와 함께 집을 향해 자리를 떴습니다. 저나 친구나 얼큰하게 취해서 지하철역을 향해 걸어가고 있는데, 얼핏 뒤를 돌아보니 아까 그 빨간 원피스 여학생이 제 뒤를 따라오는 것이었습니다. 술김에 저는 '혹시 쟤가 나를 마음에 두고 있는 건가?' 하는 허황된 생각도 해 보았습니다.

그런데 저는 점점 그 생각이 허황된 것이 아닐지도 모른다는 생각을 하게 되었습니다. 그것은 동대문운동장역에서 5호선으로 갈아타기 위해 4호선을 내리자 그 여자도 따라 내렸고, 제가 5호선 승강장으로 가는 길로 접어들자 저와 일정한 간격을 유지하면서 계속 따라왔기 때문입니다. 그러고 보니 낙산공원에서 지하철역으로 가다가 제 뒤를 따라오는 그 여자를 발견한 순간부터, 그 여자는 저와의 거리를 거의 일정하게 유지하고 있는 것 같았습니다.

저는 환승통로를 걸으며 점점 그 여자에 대한 생각을 자꾸만 하게 되었습니다. 그리고 5호선 방화 방면 승강장 계단으로 내려서자, 그 여자도 제 뒤를 따라 계단을 내려오는 것이었습니다. 저는 이제 거의 확신에 차서 잔뜩 제 뒤를 걸어오는 그 여자에게 신경을 곤두세웠습니다. 저와 친구는 승강장의 노란선 부근에 서서 전철이 오기를 기다렸고 그 여자는 제 뒤의 벽쪽에 붙어 서 있었습니다.

이윽고 방화행 열차가 전 역을 출발했다는 안내판 불이 들어오더니, 벨이 울리고 열차가 플랫폼을 향해 돌진해 들어왔습니다. 그리고 바로 그 때였습니다. 제 뒤쪽 벽면에 붙어 서 있던 그 여자가 갑자기 제가 있는 쪽으로 달려오는 것이었습니다. 저는 가슴이 두근거렸습니다. 그런데 다음 순간! 그 여자는 제 옆을 지나 돌진해 들어오는 열차를 향해 몸을 날리는 것이었습니다. 저는 깜짝 놀라서 열차 쪽으로 등을 돌려 그 끔찍한 장면을 보지 않으려 했습니다. 그리고는 귀를 꼭 막고 쪼그려 앉았습니다. 그러자 퍽 하는 소리와 함께 제 등에 피가 튀기는 느낌을 받았습니다.

저는 한 동안 무슨 일이 벌어진 건지 어리둥절해서 그 자리에 그대로 앉아 있었는데, 옆에 있던 친구가 제 어깨를 흔들며 이렇게 말하는 것이었습니다.

"야, 너 갑자기 뭐해? 왜 차는 안 타고 그러는 거야? 너 땜에 한 대 놓쳤잖아."

"무슨 헛소리야, 방금 여자애 뛰어 내린 거 못 봤어?"

"여자애는 무슨 여자애? 너 단단히 취했구나."

방화행 열차가 지나간 레일 위는 평소와 다름없이 멀쩡했습니다. 사람들 또한 아무 일 없었던 것처럼 갈 길을 가고 있었습니다. 저는 무슨 영문인지 알 수는 없었지만, 제가 방금 전에 목격한 일이 너무나 생생했기 때문에 그 상황을 그대로 받아들일 수는 없었습니다. 하지만 현실 자체는 제가 본 상황과는 너무나 동떨어져 있었습니다. 그래서 집으로 돌아오면서 한 때는 제가 너무 술을 많이 마셨나 하는 생각도 해 보았습니다.

하지만 집에 돌아온 저는 다시 한 번 이해할 수 없는 상황을 접하고는 어떤 것이 진실인지 알 수 없게 되고 말았습니다. 그러니까 제 방에 들어와서 그 날 학교 갈 때 입고 한 번도 벗지 않았던 오리털 점퍼를 벗고 하얀색 티셔츠를 벗었을 때……, 하얀색 티셔츠엔 새빨간 피가 흥건해 있었습니다. 물론 저한텐 상처 하나 나지 않는데 말입니다.

저는 아직도 그 여자가 무슨 이유로 저에게 그런 흔적을 남겼
는지 이유를 밝히지 못했습니다. 혹시 이 책을 읽는 분 중에서
저와 비슷한 경험이 있거나 그 이유를 아시는 분은 저에게 좀
알려 주시면 안 될까요?

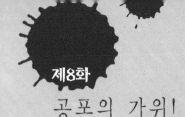

제8화

공포의 가위!

잠을 자다 보면, 잠이 깨서 정신은 말똥말똥한데 몸이 전혀 말을 안 들을 때가 있습니다. 아무리 발버둥을 쳐도 움직여지지 않아 지긋지긋하게 답답한 그 경험을 한 번쯤은 겪어 보았을 것입니다. 그것을 흔히 가위 눌렸다고 하지요.

그런데 바로 그 가위에 눌렸을 때, 자기 주위에서 어떤 일이 일어났다면, 그리고 그 어떤 일이 정말 참을 수 없는 공포를 느끼게 한다면 당신은 어떻게 하겠습니까?

이 이야기는 제 친구가 직접 겪은 일이라고 합니다. 어느 날 얼굴이 새파랗게 질려 우리집까지 달려와서 방금 전에 자기에게 일어난 일이라며 이야기를 하는데, 그 표정이나 이야기하는 말투가 나를 놀리기 위해서라거나 겁을 주려는 것이 아니었기 때문에, 저 또한 그 믿기지 않은 일을 믿을 수밖에 없었습니다.

중간고사 마지막 날이었던 그 날, 저와 단짝인 그 친구는 시험이 끝나기가 무섭게 다른 친구 몇몇과 더불어 시내로 나갔습니다. 떡볶이도 사 먹고 머리띠도 골라 보고 옷 가게에 들어가 사지도 않을 옷과 머플러 등을 구경하면서 시험으로부터의 해방을 만끽하며 돌아다녔습니다. 길가에 의자가 놓인 편의점에서 빵, 음료수, 아이스크림 등을 사다 놓고 재미있는 수다를 떨다 까르르르르 웃음을 터뜨리는 등 지치도록 놀다가 각자 집으로 돌아갔습니다.

친구가 집에 도착하자, 식구는 아무도 안 계시고 할머니가 반겨 주시더랍니다.

"아이구 내 새끼, 이제 시험 끝났지? 오늘은 할미가 집 잘 볼 테니까 어서 들어가 푹 쉬거라!"

"네, 할머니!"

이렇게 대답하고 자기 방으로 들어왔는데, 갑자기 피곤이 엄습해 왔는지 몸에서 힘이 쭉 빠지더랍니다. 그래서 교복을 갈아입지도 않고 그냥 침대에 벌렁 누워 잠이 들었다네요.

얼마를 잤는지 누가 깨우는 것 같아서 잠이 깨었다고 합니다. 그런데…… 어? 몸이 움직이지를 않았대요. 그러고 보니 눈도 떠지지 않고 가슴도 굉장히 답답했답니다. 너무나 답답해서 숨도 잘 쉬어지지 않는 것 같고, 너무나 고통스러워서 "할머니!"

하고 부르려고 했는데, 역시 목소리도 나오지 않았대요. 그래도 마음 속으로 계속 "할머니!"를 불렀대요. 그런데 조금 있으니까 자기가 누워 있는 침대 가장자리가 푹 꺼지더랍니다. 왜 사람이 침대에 앉으면 밑으로 가라앉는 그런 느낌 있잖아요. 그래서 친구는 아~! 할머니가 오셨구나 하고 생각했답니다.

그런데 조금 있다가 침대의 다른 쪽이 푹 꺼지더랍니다. 그래서 친구는 어? 엄마도 오셨나 보다고 생각했답니다. 그래서 조금 마음이 놓였는데, 어? 머리 위 쪽에서도 침대가 푹 꺼지더랍니다. 누구지? 하고 생각하는 순간, 여기저기에서 침대가 밑으로 꺼지더랍니다. 이건 틀림없이 한두 명이 아니라 아주 많은 사람이 앉아 있는 거라고 생각한 친구는 왠지 겁이 나기 시작했답니다. 그리고 바로 그 때, 누군가가 자기의 팔을 어루만지더랍니다.

순간! 친구는 온몸이 오싹해졌습니다. 자기의 팔을 어루만지는 그 손은 마치 얼음처럼 차갑고 뭔가 끈적끈적한 액체 같은 것이 묻어 있는 느낌이었답니다. 징그러운 손이 팔을 어루만지는가 싶더니 이번에는 머리 위쪽에서 또 다른 손이 친구의 이마와 뺨을 어루만지더랍니다.

차디찬 그 손들, 끈적끈적한 액체를 묻힌 그 손들은 이제 한꺼번에 친구를 머리며 팔이며 다리며 마구 어루만지기 시작했

습니다. 친구는 너무나 무서워서 더 이상 참을 수가 없었습니다. 그래서 있는 힘을 다해 고함을 질렀습니다. 소리가 나오는지 안 나오는지 정신은 하나도 없었습니다. 공포에 질려 얼마나 소리를 질렀을까요? 방문이 꽝 하고 열리는 소리가 나면서 "얘야!" 하는 할머니 목소리가 들리고 친구는 눌린 가위에서 빠져나올 수 있었다고 합니다.

입고 있던 교복은 구겨질 대로 구겨져 있고 온 몸은 땀으로 범벅이 되어 침대가 다 흥건하게 젖어 있을 정도였답니다. 친구는 치밀어 오르는 울음을 참지 못하고 할머니 품에 안겨 가위에 눌린 이야기를 해 드렸답니다. 그랬더니 할머니는 "아니, 이 구신들이!" 하시면서 부엌에서 소금을 가지고 오시더니 친구 방문과 창문을 활짝 열어 두고 방 안에 온통 소금을 뿌리셨답니다.

마음이 안정되자 친구는 왠지 자기 방에 있기가 싫어져서 우리집으로 달려와 그 이야기를 해 주었습니다. 듣고 있자니 나도 괜히 무서워졌습니다.

나도 혹시 그런 가위에 눌리면 어떡하지?

제9화

동자의 원혼

저에게는 이모가 한 분 계신데, 젊어서 이모부님을 여의시고 홀로 아들 둘과 딸 하나를 힘겹게 키우셨습니다. 지금은 아이들이 다 성장하고 가정도 넉넉한 편이지만, 젊은 인생의 절반 이상을 하도 어렵게 살아오셔서 그런지 웬만한 일로는 놀라지도 않으십니다. 지금부터 하려는 이야기는 그렇게 다부지신 이모님께서 "나도 사실 젊을 적엔 겁 많은 색시였단다." 하시며 해주신 이야기입니다.

이모부님께서 돌아가시자 안 그래도 형편이 어려웠던 집안을 꾸려가시느라 이모님은 안 해본 일이 없었다고 합니다. 한번은 부잣집에 삯바느질을 하러 다니셨는데, 그 집은 시원한 대청마루가 있고, 마당에는 늘씬한 버드나무도 있는 큰 기와집이었다고 합니다.

그 부잣집에서는 이모님이 너무나 일을 잘 한다며, 아이들을 데리고 와서 살아도 되니까 식모로 들어와서 살라고 했지만, 명

색이 국군 중령의 아내가 다른 집에서 식모를 할 수는 없다고 생각해 거절했다고 합니다. 그런 꿋꿋한 태도가 주인아주머니의 마음에 들어 아주머니의 집에서 나오는 바느질거리부터 주변 사람들의 일까지 모두 주선해 주셔서 점점 돈을 모을 수 있게 되었다고 합니다.

그러던 어느 날, 주인 아주머니가 남편이랑 어딜 다녀온다며 집을 봐달라고 하셨답니다. 오랫동안 일을 해 와서 이모님을 믿었던 것입니다. 이모님은 아무 염려 말고 다녀오라고 하시고는 대청마루에 앉아 바느질을 하셨답니다.

그런데 오후 두 시나 세 시쯤 되었을까요? 햇살이 따뜻한 한낮이라 깜빡 잠이 들었던 모양입니다. 갑자기 대문이 덜컹 열리는 소리가 들리더랍니다. 그래서 주인아주머니가 돌아오셨구나 생각하면서 대문 쪽을 바라보는 순간, 이모님은 몸 하나 꼼짝 못하고 그 자리에서 얼어붙어 버리셨답니다. 처음 보는 꼬마아이가 머리에 상투를 틀고 손에는 방울을 들고는 무표정하게 대문으로 들어섰는데, 그 모양이 걷는 것도 아니고 달리는 것도 아니고, '콩콩콩콩' 강시처럼 뛰어 이모님이 계신 대청마루를 향해 곧바로 다가왔기 때문입니다.

이모님은 순간 '낮도깨비구나!' 하는 생각이 들더랍니다. 정신은 말짱한데, 두려움에 몸을 움직일 수 없었던 이모님은 '혹시 나한테 해를 끼치지 않을까' 하는 생각에 무척이나 겁이 나셨다고 합니다. 그도 그럴 것이 집에는 자기가 오기만을 목을 빼고 기다리는 세 자식이 있었으니 말입니다. 그래도 이모님은 머릿속으로 '우리 아이들을 생각해서라도 죽으면 안 되지' 이렇게 생각하시며, 정신을 똑바로 차리려고 안간힘을 썼다고 합니다.

그런데 그 괴이하게 생긴 동자가 대청마루까지 올라와서 제자리서 깡총거리며 이모님을 빤히 쳐다보더랍니다. 이모님의 바로 코앞까지 얼굴을 들이밀며 이모님을 노려보았을 때는 온몸이 덜덜덜덜 떨리고 정신이 하나도 없었다고 합니다. 도깨비하고 눈을 마주치면 혼을 빼앗긴다는 옛말이 생각나서 이모님은 필사적으로 몸을 돌리거나 고개를 돌리려고 했지만, 몸은 꼼짝도 하지 않았습니다. 그래서 눈이라도 감으려 했지만, 그것도 안 되었습니다.

동자는 그런 이모님을 한참동안 살펴보더니 한번 씩~! 웃고

는 이모님을 지나쳐 콩콩콩콩 집안을 돌아다니기 시작했답니다.

콩콩콩콩, 딸랑 딸랑 딸랑 딸랑······.

집안을 돌아다니는 동자의 방울소리가 한참동안 들리더니, 뒤뜰에서 돌아나온 동자는 이윽고 자기가 들어왔던 대문을 통해 다시 나가더랍니다.

동자가 나가자마자 이모님은 온몸에 기운이 빠지며 실신을 하셨답니다. 얼마나 치났는지, 눈을 떠 보니, 주인아주머니와 그 남편 되는 분이 이모님을 안방에 뉘어 놓고 걱정스러운 눈길로 바라보고 계셨답니다. 그리고는 무슨 일이냐고 물어보았고, 이모님은 아직도 떨리는 몸을 진정시키며 간신히 그 동자 이야기를 해 주었답니다. 그러자 주인아주머니는 허깨비를 봤다며 믿지 않았답니다.

하지만 주인아주머니와 달리 그 남편 되는 분은 이야기를 듣다가 방울을 손에 쥔 동자라는 말이 나오자 순간적으로 당황한 표정을 띠더라는 겁니다. 물론 아주 짧은 순간이었기 때문에 아주머니는 눈치를 채지 못했지만, 이모님은 틀림없이 그 표정을 보았다고 합니다. 주인아저씨는 이모님의 이야기를 다 들은 뒤에 아무렇지도 않은 체를 하며 잠시 밖에 좀 다녀오겠다며 집을 나갔습니다.

그리고 주인아저씨가 대문을 나서는 것을 보던 이모님의 눈에 문 옆에 서 있는 커다란 버드나무가 눈에 들어왔는데, 그것을 본 이모님은 주인아주머니가 기운 차리라고 주시는 설탕물도 내팽개치고 서둘러 도망쳐 나왔다고 합니다.

예전에는 요즘처럼 말린 국수가 없었기 때문에 집에서 직접 국수를 말렸는데, 그 날도 마침 마당에다 국수를 말리고 있었다고 합니다. 그런데 그 국수들이 죄다 버드나무 가지 위에 올라가 있더라는 겁니다.

그 후로 이모님은 그 집에 가지 않았답니다. 물론 일감은 받아다가 이모님 집에서 하셨답니다. 그런데 이모님은 얼마 후에 그 부잣집 바느질을 할 수 없게 되었답니다. 왜냐면 그 집이 삽시간에 망해 버렸기 때문입니다. 주인아주머니는 급살을 맞아 돌아가시고 주인아저씨는 병에 걸려 시름시름 앓다가 재산마저 사기로 전부 잃고 비참하게 동네 밖 논두렁에서 죽었다는 것입니다.

나중에 동네 사람들이 하는 이야기를 들으니, 주인아저씨가 옆 동네에 사는 한 여자 무당과 정을 통하고는 계속 만났는데, 무당이 임신을 하자 유산시키라며 약을 사다 먹이고, 높은 데에서 뛰어 내리게 하고, 비탈길에서 굴리는 등 온갖 방법을 다 써도 뱃속 아기가 떨어지지 않자, 배를 발로 차고 때려 실신을 시키고는 발길을 끊어버렸다고 합니다. 결국 유산을 한 무당은 아무 조치도 받지 못하고 움막에서 시름시름 앓다가 죽었다는 것입니다.

이모님은 요즘도 그 이야기를 하실 때면, 그 동자는 분명 그 무당의 뱃속에서 태어나지 못한 아이일 거라면서, 주인아저씨에게 원수를 갚은 것이라고 하십니다.

제10화
엘리베이터 괴담

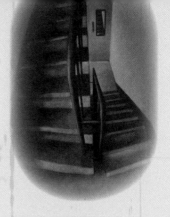

엘리베이터는 참 편리한 기계입니다. 계단을 오르지 않아도 되고 속도도 빨라, 시간도 없고 무거운 것을 들고 다니는 저로서는 여간 편리한 기계가 아닙니다.

아, 참! 저요? 저는 치킨 배달 아르바이트를 하는 학생입니다. 어떤 때는 아파트 14층에서 치킨 한 마리를 배달시켰는데, 마침 엘리베이터가 고장나는 바람에 14층까지 걸어 올라갔다 걸어 내려오는 고생을 해야 할 때도 있습니다. 그럴 때면 주문 받을 때의 감사한 마음은 싹 사라지고 못된 말이 입에서 튀어나옵니다.

물론 좋을 때도 있습니다. 고층 아파트에 배달을 갔는데, 엘리베이터에 예쁜 아가씨와 단둘이 아주 높은 층까지 같이 갈 때는 기분이 너무 좋습니다.

그런데 어떤 아파트는 전혀 다른 이유 때문에 싫은 경우가 있습니다. 그것은 아파트가 너무 낡아서 엘리베이터를 탔는데, 혹시 올라가다가 망가져서 밑으로 떨어지지나 않을까 싶을 정도로 덜덜덜덜 소리를 내며 올라가는 경우입니다. 정말 공포 괴담에나 나올 것 같이 낡은 아파트에 엘리베이터까지 그 모양이면 정말 죽을 맛이죠.

참! 그런데 저는 얼마 전에 배달 아르바이트를 그만두었습니다. 왜냐구요? 제가 경험한 이야기를 들으면 아마 여러분이라도 그렇게 했을 겁니다.

군대를 제대하고 복학하기까지 몇 개월 남아 있던 터라, 용돈도 벌고 책도 사야 했기 때문에 저는 아르바이트를 하게 되었습니다. 다행히 제가 좋아하는 치킨 집에서 배달 아르바이트를 구한다는 얘기를 듣고 얼른 달려가서 신청했습니다. 일도 그렇게 힘들지 않고 돈도 벌고 또 주인아저씨가 일 끝나면 치킨 한 마리에 생맥주 한 잔까지 주셨기 때문에 정말 재미있게 일했습니다.

그러던 어느 날 고층 아파트에 배달을 가게 되었습니다. 아파트 현관 입구에 도착하니 아니나 다를까 12층에 엘리베이터가 서 있었습니다. 배달 갔을 때 엘리베이터가 높은 층에서 대기하고 있으면 조금 짜증이 납니다.

1층에서 버튼을 누르고 기다리는데, 뒤에서 구두 굽 소리가 들렸습니다. 뒤를 돌아보니 키는 160정도이고 생머리를 예쁘게 늘어뜨리고 하얀 원피를 입은 20대 초반 정도 몸매에 예쁘게 생겼을 것 같은 여자가 아파트 현관을 들어서고 있었습니다. 그런데 얼마나 피곤한지 머리를 앞으로 숙이고 있어서 얼굴이 잘 보이지는 않았습니다.

엘리베이터가 2층쯤 내려왔을 때 거의 엘리베이터 앞까지 온 그 여자는 엘리베이터를 타지 않고 곧장 계단 쪽을 향해 엘리베이터 맞은편 계단으로 가 버렸습니다. 실망 또 실망이었습니다.(물론 지금 생각하면 그러는 편이 훨씬 좋았죠.)

저는 그 여자의 모습을 한 번이라도 더 보려고 엘리베이터 문이 열리기 무섭게 얼른 올라타서는 14층 버튼과 닫힘 버튼을 거의 동시에 눌렀습니다. 아파트는 지은 지 몇 년 되지 않아서인지, 엘리베이터 속도가 제법 빨랐습니다.

내가 탄 엘리베이터가 2층을 지나갈 때 엘리베이터에 나 있는 바깥창을 통해 아까 1층을 지나쳤던 그 여자가 2층으로 막 올라서고 있었습니다. 그런데 아쉽게도 얼굴은 보지 못했습니다. '2층에 사나 보구나.' 하고 생각한 저는 무심하게 엘리베이터에 탄 채 3층을 향했습니다.

그리고 3층을 지나던 저는 깜짝 놀라고 말았습니다. 아까 그 여자가 계단을 통해 3층으로 막 올라서고 있었기 때문입니다.

여자는 여전히 고개를 숙이고 있어서 얼굴은 보이지 않았지만, 하얀 원피스 차림이며 길게 늘어뜨린 생머리로 보아 그 여자가 분명했습니다.

'이, 이건……, 너, 너무 빠른 거 아냐?'

그렇게 생각하며 엘리베이터가 4층에 오른 순간, 저는 심장이 멎는 줄 알았습니다. 4층 계단을 그 여자가 올라오는 모습이 보였기 때문입니다.

'이……, 이건……, 뭐, 뭐지?'

당황해서 정신을 수습하려는 순간 5층을 지나는데, 그 여자가 여전히 계단을 통해 오르고 있었습니다. 그런데 더욱 나를 놀라게 한 것은 그 여자의 다리가 움직이지 않는다는 사실이었습니다.

'귀, 귀신이다!'

순간적으로 그런 생각이 머리에 스치자 몸에서 힘이 빠지면서 배달통을 하마터면 떨어뜨릴 뻔했습니다. 그리고 6층에서도 그 여자를 보는 순간 저는 그만 그 자리에 풀썩 주저앉고 말았습니다.

그리고 그 다음에 제가 배달을 어떻게 했는지도 모르고 어떻게 가게로 되돌아올 수 있었는지도 생각나지 않습니다. 그 다음 날로 저는 주인아저씨께 죄송하다는 말을 남기고 배달 아르바이트를 그만두었습니다. 그 끔찍한 일을 당한 이후 저는 아는 사람과 같이 타지 않는 한, 엘리베이터는 잘 타지 않게 되었습니다.

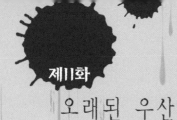

제11화

오래된 우산

이건 절대 무서운 이야기는 아니지만, 하도 황당하고 기가 막혀서, 혹시 제가 겪은 변을 당하지 않을까 걱정이 되어 알려 드리려고 합니다. 물론 무서운 이야기가 아니라고 해서 마음을 놓고 읽었다가는 또 다른 무슨 변을 당할지 모르니 약간은 신경을 쓰셔야 할 겁니다.

한 동안 비가 오지 않아서 TV 뉴스에서는 연일 농작물이 타 말라죽네, 극심한 더위에 밤에 잠을 못자는 시민들이 한강 고수부지에 나와 밤을 지새우네 하며 떠들던 어느 일요일이었습니다. 외출을 하려고 하는데, 갑자기 예보도 없던 비가 마구 쏟아지는 것이었습니다.

예보도 없었으니 잠깐 지나가는 소나기려니 하는 생각도 있었고, 시간적인 여유도 있었으며 모처럼 만에 화사하게 차려 입은 옷이 비에 젖으면 살갖에 달라붙어 꼴불견을 연출하기 딱 좋게 생겨서 잠시 기다렸다 비가 그치면 가려고 했습니다. 하지만

74

비는 좀처럼 그치지 않았고 약속 시간은 점점 다가오고 있었습니다. 조금만 늦어도 떡볶이는 네가 사라느니, 아이스크림을 사라느니 말들이 많은 계집애들이라 늦으면 안 되겠다 싶어서 귀찮기는 하지만 우산을 가지고 나가려고 마음먹었습니다.

그런데 아차! 지난번 비가 왔을 때 학교에 가져갔다가 집에 돌아올 때 비가 그쳐서 학교 사물함에 우산을 놓고 와서 집에는 우산이 없는 것이었습니다.

"아이, 어쩜담...ㅠㅠ ……할 수 없다. 다른 우산을 찾아봐야지."

대개 잘 안 쓰는 우산은 창고에 처박아두기 마련임을 아는지라, 제일 먼저 창고로 가 보았습니다. 우리집 창고는 지하에 있었는데, 평소에는 식구 누구든 거의 들어가는 일이 없기 때문에 항상 습하고 먼지가 많이 끼어 있었습니다. 그리고 역시나 창고 문을 여는 순간 습한 공기가 확 풍겨오면서 어둑어둑한 공간이 입을 벌리고 서 있었습니다. 저는 재빨리 창고의 전등 스위치를 켰습니다.

순간! 저는 깜짝 놀라지 않을 수가 없었습니다. 창고 입구 바로 옆에 우산이 하나 거꾸로 세워져 있는 게 아니겠습니까? 호호호 이렇게 쉽게 우산을 찾아내다니……. 저 습한 공간 속으로 들어가지 않아도 되는구나 생각하고는 우산을 들고 밖으로 나왔습니다.

그리고 현관문을 열고 쏟아지는 빗줄기를 향해 우산을 펴며 밖으로 한 발짝 내딛은 순간, 무엇인가가 제 몸으로 후두둑 쏟아져 내렸습니다.

저는 그 실체를 확인하고는 마당에서 비명을 질러대며 팔짝팔짝 뛰고 어쩔 줄을 몰라 엉엉 울어버렸습니다. 그것은 바퀴벌레와 그것들의 알이었습니다. 바퀴벌레들 또한 갑작스런 이상에 놀라서 그랬겠지만, 제 몸 구석구석을 빠르게 기어다니며 난리가 아니었습니다.

그 스물스물거리는 바퀴벌레들의 느낌은 세월이 흐른 지금까지 생각만 해도 몸이 뒤틀리고 온통 간지러워지는 것 같아 견딜 수가 없습니다. 여러분도 오래된 우산을 펼 때는 먼저 그 속을 꼭 확인하시기 바랍니다.

ㅇㅇㅇㅇㅇ~~~.

제12화

네 년 때문에……

여러분은 혹시 누군가의 도움으로 목숨을 건져 본 일은 없으신가요? 이 이야기가 사실인지 아닌지 지금도 확실하지는 않지만, 저는 어릴 적에 언니의 도움으로 목숨을 건졌다고 합니다. 언니가 장난으로 그런 이야기를 하는 게 아니라는 걸 저는 금새 알 수 있어요. 언니의 눈빛에서 두려움의 빛을 분명 또렷하게 보았거든요.

한 때 우리 동네에서는 마을 사람들이 계속 죽어가던 일이 있었습니다. 이웃 동네에 사는 점쟁이는 그 원인으로 동구 밖 할머니의 저주가 아닌가 하는 의견을 내놓았습니다.

우리 동네에는 한 괴짜 할머니가 계셨는데, 어찌나 성격이 대단하신지 그 할머니와 붙기만 하면 여지없이 참을 수 없는 수모를 당했습니다. 그리고 만약 그 자리에서는 할머니가 싸움에 졌다고 하더라도 언젠가는 반드시 그 복수를 하고야 마는 성격을 가진 할머니였습니다. 그래서 동네 사람들은 웬만해서는 그 할머니와 마주치려 하지 않았습니다.

한 번은 이런 일이 있었습니다. 동네 아저씨 중에 성격이 꽤나 괄괄한 분이 계셨는데, 그 아저씨와 할머니 사이에 말다툼이 벌어졌습니다. 얼마나 심하게 싸우셨던지 온 동네가 시끌벅적했습니다. 결국은 아저씨가 할머니를 떠밀어 할머니가 넘어지셨는데, 그 바람에 허리를 다쳐서 더는 싸울 수가 없었답니다. 며칠이 지나서야 할머니는 거동을 할 수 있었고, 바로 그 다음 날 그 아저씨 집 대문에 죽은 고양이를 가져다 놓으셨다고 합니다. 물론 할머니는 "내가 한 일이 아니다."며 우기셨고요.

할머니는 동구 밖에 있는 조그마한 판자집에 살고 계셨는데, 그 인상을 얼마나 찡그리고 계신지 동네 아이들이 다들 무서워했습니다. 그래서 우리는 학교에 갈 때면 그 앞을 지나가지 않고, 조금 멀기는 하지만 동네 뒤편으로 난 길을 이용했습니다. 그런데 가끔 남자 아이들은 무슨 배짱 내기를 한다며 할머니 집에 돌을 던지고 도망치는 놀이도 했습니다. 그럴 때면 할머니는 여지없이 막대기를 휘두르며 "네 이놈들! 다 죽여 버릴 거야, 이놈들!" 하시며 쫓아 나오셨지만, 남자 아이들의 걸음을 따라잡을 수는 없었습니다.

그러던 어느 날부터인가 동네에서도 동네 밖에서도 할머니의 모습이 보이지 않았습니다. 이상하게 생각한 우리는 엄마한테 할머니가 어디 가셨느냐고 물었지만, "어디 가셨나 보지."라고만 하셨습니다. 그리고 얼마 후부터 동네 사람들이 다른 때보다 많이 돌아가셨습니다. 일 년에 한 두 분 나이 많으신 할머니나 할아버지께서 돌아가셨는데, 그 때는 두 세 달에 한 명 꼴로 마을에 장사 지내는 집이 생겨난 것입니다. 나를 좋아한다면서 맨날 따라다니던 창수도 밤에 잠을 자다가 갑자기 죽어버렸습니다. 그 때는 얼마나 허전했는지 모릅니다.

그러던 어느 날, 엄마와 아빠는 일하러 나가시고 저는 친구들과 놀다가 지쳐서 낮잠을 잤다고 합니다. 언니도 막 나를 재우고 내 옆에서 잠을 잤더랍니다. 그런데 꿈인지 생시인지 알 수 없는데, 밖에서 웬 아이 목소리가 나더니 이렇게 말하더라는 겁니다.

"언니! 나야. 문 열어 줘!"

언니는 "잠깐만~!" 하고 문을 열어 주러 나가려다가 깜짝 놀랐다고 합니다. 분명 동생(바로 지금 자고 있는 저입니다)은 방에서 자고 있는데, 뭐야?

그래서 언니는, "아니, 동생은 지금 방에서 자고 있는데 도대체 누구냐?"고 물었고, 밖에서는 계속 동생이라고 우기더라는 겁니다. 도저히 말이 되지 않는 상황이라서 언니는 계속 문을 열어 주지 않았고, 밖에서도 계속을 문을 열어 달라고 보챘다고 합니다. 하지만 언니가 계속을 문을 열어 주지 않자, 갑자기 밖에서 나는 목소리가 목이 쉰 할머니 목소리로 바뀌었다고 합니다. 그러더니 이번에는 안 열어 주면 큰일 날 줄 알라며 협박을 하더라는 겁니다. 언니는 너무나 무서웠지만, 끝까지 문을 열어 주지 않았다고 합니다. 그러자 밖에서 나는 할머니 목소리가 지쳤는지 이렇게 말하더라는 겁니다.

"네년 때문에 니 동생 목숨 산 줄 알아라!"

그리고는 온 데 간 데 없이 사라졌다고 합니다. 언니는 너무나 무섭고 힘들어서 울다가 잠에서 깨었다고 합니다. 그리고 다음날 다른 집에서 초상이 났습니다. 저희 할아버지도 그 즈음에 돌아가셨는데, 워낙 연세가 많기도 하셨지만, 왠지 꺼림칙한 기분을 지울 수가 없었습니다.

마을에서 자꾸 사람들이 죽어나가자, 어느 날 동네에서 무당을 데려다가 굿판을 벌였습니다. 그리고 그 다음부터 우리 동네는 다시 평화를 되찾았습니다.

나중에 언니한테서 들은 이야기인데, 한 번은 언니가 집에서 늦게 나와, 마을 뒷길로 가면 영락없이 학교에 지각을 하게 생겼더랍니다. 그래서 하는 수 없이 동네 앞길로 갔는데, 마침 할머니와 딱 마주쳤답니다. 언니는 어떻게 할까 하다가 그냥 평소에 동네 어른들한테 하는 것처럼 웃으면서 고개를 숙여 "할머니 안녕하세요!" 하고 인사를 했답니다. 그러자 할머니는 환하게 웃으시면서 "오냐~." 하시더랍니다. 언니가 그러는데, 그 때 그 할머니의 표정이 너무나 밝더라는 겁니다.

언니는 그 일을 나에게 말해 주면서 그 덕을 보았을지도 모른다고 했습니다. 저는 그 할머니가 어디에서 오셨는지, 또 왜 그렇게 성격이 비뚤어지셨는지 잘 모릅니다. 하지만 언니의 말을 듣고 보니, 어쩌면 할머니가 나쁜 게 아니라 동네 사람들이 더 나빴는지도 모르겠다는 생각이 들곤 합니다.

제13화

자취방 가는 길

그러고 보니 벌써 여러 해가 지났네요. 하도 이상한 일이고, 또 무섭기도 해서 그 일이 있은 이후로 아무에게도 말하지 않았죠. 지금은 직장을 다니고 있고 거주지도 서울 한복판이라, 그런 일이 잘 믿어지지 않지만, 실제로 제가 겪은 일이고 또 증인이 되어 줄 친구도 있으니 믿지 않을 수는 없을 겁니다.

그러니까 그 일은 제가 대학교 다닐 때 있었습니다. 제가 다닌 학교는 산 중턱에 위치해 있었고 시내에서 많이 떨어져 있었습니다. 학교 주위에는 대개가 산이나 들 또는 논밭이었습니다. 있는 것이라고는 학생들을 상대로 하는 조그마한 술집이나 형식만 갖춘 자취방들이 고작이었습니다. 물론 버스가 여러 대 지나다녔기 때문에 통학에 문제는 없었습니다. 서울 시내에서 한 시간 안팎이면 충분히 다닐 수 있었으니까요. 하지만 지방에서 올라온 친구들은 서울 시내에 자취방이나 하숙집을 구하기보다는 학교 바로 앞에 있는 자취방을 많이 이용했습니다.

처음 입학을 하자, 선배들은 학교 부지가 원래는 공동묘지였으며 가끔 안개가 짙은 날에는 귀신을 보았다는 이야기도 있다면서 은근히 겁을 주기도 했습니다. '여우'란 별명을 가진 저는 그런 말에는 상대도 하지 않고 그렇게 신입생들을 놀려 주려는 선배들에게 오히려 겁쟁이들이라고 놀려 주었던 기억이 납니다.

제가 2학년 때였을 겁니다. 학과 특성상 밤늦게까지 남아 과제를 준비해야 했던 일이 많았는데, 그럴 때면 대부분 학교 앞에서 자취를 하는 친구 집에서 잠을 자곤 했습니다. 그날도 과제를 준비하느라 새벽까지 학과실에 있었습니다. 며칠 동안의 노력 덕에 작업을 완료할 수 있었고, 시간은 새벽 4시가 조금 넘어 있었습니다. 학교에서 그냥 죽치고 있기도 애매한 시간이었습니다. 물론 집에 가는 버스는 한 시간 반이나 두 시간은 기다려야 오기 때문에 집에 갈 수 있는 것도 아니었습니다.

그러자 같이 과제를 준비한 친구 중 하나가 자기 자취방에 가서 눈 좀 붙이자고 했습니다. 이게 웬 떡이냐 싶어서,

"어머어머, 너 어떻게 그렇게 기특한 생각을 다 했니? 사실 나도 학과실에 더 있기도 그렇고 어디서 눈 좀 붙였으면 하고 생각하던 참이었거든. 정말 정말 정말 고맙다, 얘!"

갖은 아양을 다 떨며 얼른 친구를 따라나섰습니다. 그런데 학과실을 나올 때, 너무나 오래 앉아 있어서 다리가 약간 저렸습

니다. 하지만 그렇게 많이 저린 것이 아니어서, 그 정도면 대부분은 몇 걸음 걷다 보면 사라지는 정도의 가벼운 저림이었습니다. 그래서 개의하지 않고 학과실을 나와 2층 계단을 내려왔습니다.

2층 계단을 중간쯤 내려왔을까요? 갑자기 다리가 무거워지면서 왼쪽 무릎에 압박이 가해지는 것이었습니다. 그래서 저는 속으로 이렇게 생각했습니다.

'아이 참! 다리 저린 걸 좀 풀고 올 걸, 자취방에 가자는 소리가 얼마나 좋았으면 그렇게 급하게 계단을 내려왔지.'

내 자신에게 약간 화가 나서 자책하듯이 그렇게 생각한 것이었습니다. 그래도 학교 앞까지만 가면 서너 시간은 족히 두 다리 쭉 펴고 잘 수 있을 거라는 생각에 아픈 것을 참고 계단을 내려왔습니다. 계단을 다 내려오자, 왼쪽 무릎이 더욱 아파지면서 다리도 굉장히 무거워졌습니다. 그래서 학교 정문까지 가려면 아직도 한참을 걸어야 하는데, 그냥 학과실로 되돌아갈까? 하는 생각도 들었습니다. 계단을 뒤돌아보니, 오히려 계단을 오르는 것이 더 힘들겠다는 생각도 들고, 안 가겠다고 하면 친구가 또 서운해할 것 같아서 차마 얘기를 꺼내지 못했습니다.

학과실이 있는 건물을 나오는 데에도 왼쪽 무릎은 계속 압박이 가해지고 다리는 계속 무거워져만 갔습니다. 간신히 건물을 나오자 교정은 온통 안개로 차 있었습니다. 손을 잡고 있는 옆 친구의 얼굴이나 간신히 보일 정도였고, 안개 특유의 음침한 습기가 온몸을 감싸며 팔에 소름이 돋았습니다. 왼쪽 다리도 아프고 약간 음침한 기분도 들어서 저는 가볍게 잡고 있던 친구의 손을 힘주어 잡았습니다. 그랬더니 친구도 나의 마음을 알았는지 힘주어 잡아 주었습니다.

학과실이 있는 건물에서 학교 정문을 빠져나오는 데에는 의외로 시간이 많이 걸렸습니다. 평소 같으면, 애들이랑 몇 마디 나누지도 않아서 정문에 도착하곤 했던 것 같은데, 그 날만큼은 그 길이 너무나 멀게 느껴졌습니다. 하기는 그도 그럴 것이 앞은 보이지 않지, 평소 다니던 길이라서 감으로 발길을 옮기고는 있었지만, 가끔 보도와 차로 사이의 턱에 걸리기도 하고 보도 가에 심어져 있는 나무에 부딪힐 뻔하는 등 불편한 점이 많았을 뿐 아니라, 가장 힘든 것은 왼쪽 무릎에 가해지는 압박과 다리의 통증이었습니다.

어찌 어찌 하여 힘들게 힘들게 학교 정문을 빠져나왔습니다. 그랬더니 정말 신기하게도 교정에서는 그렇게나 많던 안개가 말끔히 사라졌습니다. 저는 속으로 휴우 하고 한숨을 쉬고는 걸음도 가볍게 친구 손을 잡고 갔습니다.

걸음도 가볍게?

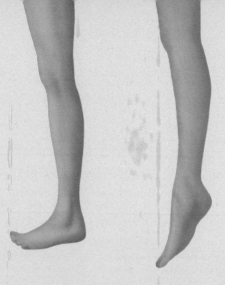

　그렇습니다. 몇 걸음 옮기지 않아 저는 기분이 너무 좋아졌습니다. 그것은 왼쪽 무릎을 압박하던 느낌과 다리를 쑤시던 통증이 언제인지 모르게 사라져 있었기 때문입니다. 바로 그 때 옆에서 친구가 이렇게 말했습니다.

　"아~, 이제 다리가 안 아프네."

　그래서 제가 "너도 다리가 아팠니?" 하고 묻자, 친구는 이렇게 대답하는 것이었습니다.

　"그래. 아까 학과실에서 2층 계단 내려올 때, 갑자기 오른쪽 무릎에 압박이 가해지면서 다리가 굉장이 아픈 거야. 그래서 괜히 자취방에 가려고 했나? 그냥 학과실에 있을까? 하고 생각했었는데, 기집애, 네가 너무 좋아하는 것 같아서 차마 말을 못 꺼냈었거든."

그 때는 무서운 생각이 들기도 하고, 얼른 그 자리를 떠나고 싶어서 차마 친구에게 말하지 못했지만, 저는 소름이 쫙 끼치지 않을 수 없었습니다.

그러니까 우리 두 사람이 같은 장소에서 다리가 아팠던 점과, 같은 방향의 무릎이 아니라 서로 다른 쪽 다리가 아팠던 점(저는 왼쪽 친구는 오른쪽이었고, 친구는 제 왼쪽에서 걸었습니다), 학교를 빠져나오자 통증에서 해방된 점, 안개가 학교 안쪽에만 있던 점 등등…….

어쩌면 그때 그 2층에서 누군가가 저와 제 친구의 무릎을 하나씩 잡고 다리에 매달려 산 중턱에 있는 학과실 건물 2층 계단에서 산 아래 정문까지 내려온 건 아닐까요?

제14화

정전 속의 소복

며칠 전 덤프트럭이 집앞 전봇대를 들이받는 사고가 발생하는 바람에 우리 집을 포함해서 몇몇 집이 한밤중에 정전된 일이 있었습니다. 마침 우리집에는 사촌 누님이 놀러와 있었는데, 정전이 되니까 사촌 누님이 갑자기 내 팔을 꽉 붙들면서 어디 가지 말고 꼭 옆에 있어달라고 하는 것이었습니다. 얼굴은 금방이라도 울음을 터뜨릴 것처럼 사색이 되어 있었고, 몸은 부들부들 떨면서 두 눈을 꼭 감고 있었습니다. 어머니께서 촛불을 가져오시고, 창문을 열어 불이 나가지 않은 길 건너편 집들의 불빛이 보이자, 누님은 간신히 몸 떠는 것을 멈추고는 조금 안정을 찾았습니다.

그 일이 있은 얼마 후, 누님과 밖에서 만나 커피를 마시게 되었습니다. 그래서 제가, 그 때 왜 그렇게 무서워했느냐고 물었더니 누님은, 처음에는 한사코 이야기를 하지 않으려 했습니다. 하지만 워낙 호기심이 많은 저는 물러서지 않고 계속 얘기해 달라고 졸라댔습니다. 결국 누님은 못 말리겠다며 다음과 같은 이야기를 해 주었습니다.

누님이 사는 아파트는 지하에 에어로빅 교실을 만들어 놓고 주민들이 강사를 초빙해 에어로빅을 배운다고 합니다. 바닥은 고급 목재를 써서 마루를 깔고 사방은 거울을 설치해 자신의 자세를 여러 각도에서 볼 수 있도록 했으며, 샤워실도 따로 마련해서 그야말로 주민들이 너무 좋아하고 또 많이들 이용했답니다. 그러니까 평소에도 밤늦게까지 사람들도 많고 어떤 때는 12시가 넘어서까지 연습하러 오는 사람이 있을 정도였다고 합니다.

물론 누님도 이모와 함께 에어로빅을 배운다고 열심히 다녔다고 합니다. 그러던 어느 날, 밖에서 볼일이 늦게까지 있어서 11시가 넘어서야 집에 돌아왔는데, 몸도 찌뿌드드하고 기분도 왠지 산뜻하지 않아서 몸을 풀면 좋아질까 싶어서 혼자서 지하 에어로빅 교실로 내려갔답니다. 교실로 내려가니, 이제 막 연습을 마치고 샤워를 한다며 샤워장으로 들어가는 사람이며, 샤워를 마치고 올라가는 사람이며 여럿이 있었답니다. 가볍게 인사를 나누고 탈의실에서 옷을 갈아입은 후 몸을 풀기 시작했다는군요.

한참 몸을 풀고 있는데, 어디에서 '퍽!' 하는 소리와 함께 갑자기 어두컴컴해지더랍니다. 정전이 된 것입니다. 누님은 곧 불이 들어오겠지 생각하며 잠시 기다렸는데, 10분 정도가 지나도 불이 들어오지 않더라는 겁니다. 그리고서 정신을 차려 보니 교실에서 사람 목소리가 들리지 않더랍니다. 혹시 하는 마음에 누님은 "아무도 없어요?" 하고 불러봤는데, 아무 대답이 없었대요. 너무 연습에 열중한 나머지 자기 혼자밖에 남지 않았다는 걸 눈치 채지 못한 것입니다.

순간 갑자기 겁이 난 누님은 문 쪽을 향해 가려고 했답니다. 그런데 교실이 지하에 있어서 바깥의 빛이 전혀 들어오지 않아서 정말 칠흑 같은 어둠이라 방향 감각을 잃었답니다. 그래서 누님은 벽면 거울을 손으로 더듬으며 한쪽 방향으로 계속 돌았답니다. 그렇게 하면 문이 있는 곳에 닿을 수 있으니까요.

그런데? 모서리를 네 개 지났는데도 문이 손에 잡히지 않더라는 겁니다. 순간 누님은 온몸의 털이 곤두서면서 어떻게 된 건지를 머릿속으로 생각하기 시작했답니다. 하지만 답이 나올 리 없죠. 그래서 한 바퀴를 다시 돌아보려고 유리 벽면을 손으로 훑으면서 한 쪽 방향으로 걷기 시작했습니다.

바로 그 순간!

손으로 훑고 있는 벽면 거울 속 저 편에서 무슨 희끄무레 한 것이 쓰윽 지나가는 것 같았답니다. 뭐지? 하고 거울 속을 들여다보니, 간신히 누님의 얼굴 윤곽만 보일 뿐, 거울 저편에는 칠흑 같은 암흑만이 존재했답니다. 그래서 잘 못 본 건가 생각하고 다시 움직이려는 순간! 누님의 바로 뒤에 하얀 소복을 입은 여자가 갑자기 나타나더라는 겁니다.

누님은 비명을 지르고 그 자리에 주저앉아 눈을 꼭 감았답니다. 그런데, 시간이 꽤 지나도록 아무 인기척이 없어 가만히 눈을 떠 보니 누님 뒤에는 아무도 없더라는 겁니다. 극도로 공포에 휩싸인 누님은 그 자리에서 일어서지도 못하고 소리도 지르지 못하고 눈만 살짝 뜬 상태로 사방이 거울인 에어로빅 교실 한 쪽 벽면에 기대어 앉아 있었다고 합니다.

얼마를 앉아 있었을까요? 아까의 그 소복 입은 여자가 앞에서 나타나 피 묻은 손으로 내 얼굴을 감싸 안으면 어떡하지? 아니지 어쩌면 옆에서 나타나서는 내 귀에 대고 뭐라고 속삭일지도 몰라. 뒤는 벽이니까 괜찮……, 아니지 뒤에서 손만 튀어나와서는 내 목을 조를지도 몰라. 누님은 온갖 상상을 다 하면서 몸을 오들오들 떨고 있었다고 합니다.

한참을 그러고 있는데, 왠지 등 뒤가 이상한 느낌이 들더라는 겁니다. 누님은 순간 겁이 덜컥 나서 등 뒤에 모든 신경을 집중시키며 고개를 천천히 뒤로 돌렸답니다. 뒤에서 뭐가 튀어나오

면 어떡하지? 그러면 안 되는데…… 하면서 고개를 거의 돌린 순간! 뒤 벽면이 누님 쪽으로 불쑥 튀어나오더랍니다. 누님은 몸이 앞으로 고꾸라지면서 굴렀는데, 그 순간 이제 죽었구나 하는 생각에 몸을 웅크린 채 비명을 질러댔다고 합니다.

"얘, 너 여기 있었구나! 나야, 엄마!"

간신히 정신을 수습하고 눈을 들어 보니, 이모님께서 촛불을 들고 서 계시더랍니다. 결국 누님은 에어로빅 교실 문에 기대어 있었던 것이고, 그런 줄을 정말 몰랐다는 겁니다.

누님은 이후 폐쇄공포증에 걸렸고, 어두운 곳에는 절대 가지 않는다고 합니다. 그리고 어두운 곳에서 하얀 물체라도 보일라 치면 아무 것도 못하고 그 자리에 주저앉아 비명을 지르는 병을 얻었다고 합니다.

누님은 정말 그 에어로빅 교실에서 귀신을 본 걸까요? 지금 으로선 믿을 수밖에 없는 것 같습니다.

제15화

공포의 산장

저는 산을 무척이나 좋아합니다. 요즘이야 주 5일제 근무다, 인터넷 카페다 하면서 산행을 즐기는 사람이 많지만, 불과 10년 전만 해도 지금처럼 많지는 않았습니다. 그래서 조금만 깊은 산 속으로 들어가면 정말 자연의 고요를 만끽할 수 있었습니다.

지금도 저는 산을 무척이나 좋아하지만, 웬만하면 일기 예보가 좋지 않거나 산 속에서 숙박을 해야 하는 산행은 가급적 하지 않으려고 합니다. 그 이유는 약 10년 전 제가 겪은 끔찍한 기억 때문입니다.

10년 전 학교 산악 동아리에 가입한 저는 산에 완전히 미쳐서 매주 친구들과 어울려 산을 찾곤 했습니다. 그리고 그 해 여름방학 때 저는 친구 몇몇과 더불어 한 달 동안의 등산 계획을 세웠습니다. 일정을 넉넉하게 잡은 것은 단순히 산행만 하는 것이 아니라 지역을 답사하고 지식을 쌓는다는 계획도 함께 설정했기 때문입니다.

우리의 모든 일정은 순조롭게 진행되었습니다. 몇몇 험하다는 산들은 대부분 정복을 끝낸 상태이고 다음 일정은 무등산이 잡혀 있었습니다. 사실 무등산은 그리 험한 산이 아니어서 가볍게 다녀올 예정이었습니다. 그런데 사건은 거기에서 터지고 말았습니다. 즉 이미 대부분의 험한 산들의 등반을 끝낸 우리는 산행 전에 가장 주의를 기울여야 하는 일기예보를 무시했던 것입니다. 일기예보를 들었다고 하더라도 별 신경을 쓰지 않았을지도 모릅니다. 내용인 즉, 낮 한 때 소나기가 오겠다는 예보였으니까요.

우리는 아침을 든든히 먹고 산행을 시작했습니다. 정상까지도 아무 일 없었고, 내려오는 길도 별 문제는 없었습니다. 그런데 우리가 중간쯤 내려와서 잠시 휴식을 취하고 있을 때였습니다. 누워서 건너편 봉우리를 바라보고 있는데, 그 쪽에는 비가 내리고 있는 것이었습니다. 저는 아차! 싶어서 팀원들에게 빨리 짐을 챙기라고 다그쳤습니다. 제 경험상, 건너편 봉우리에 빗줄기가 보이기 시작했다면 채 1분도 되지 않아서 이쪽 봉우리도 비에 당하게 되는 경우가 대부분입니다. 또한 여름 소나기는 그 기세가 놀라워서 순식간에 등산로를 없애버려 산속에서 길을 잃기 십상입니다.

소나기는 우리가 짐을 다 챙기기 무섭게 덮쳐왔습니다. 우리는 산 아래를 바라고 내달았습니다. 한 5분 정도 달렸을까요? 소나기는 집중호우로 변하였고 등산로가 사라지기 시작했습니다.

다급해진 우리는 어디 비를 피할 데가 없는지 주위를 살피면서 뛰었고, 조금 내려가자 바위의 밑둥이 깎여나가 비를 피할 수 있는 장소가 발견되었습니다.

바위 밑에서 아주 오랫동안 비를 피하고 있었는데, 비는 아무래도 그칠 기미가 보이지 않았습니다. 설상가상으로 여자 멤버 두 명은 이미 홑옷이 젖어 체온이 내려가면서 오들오들 떨기 시작했습니다. 바람이 그만큼 세찼다는 뜻입니다. 우리는 비는 물론이려니와 바람까지 피할 곳을 찾아야 할 상황에 이르렀습니다. 하지만 주위에 그런 곳은 눈에 띄지 않았습니다. 이윽고 날씨가 저물 모양인지 사방이 어둑어둑해지기 시작했습니다. 바로 그 때, 한 여자 멤버가 이렇게 외치는 것이었습니다.

"저거 산장 아냐?"

손가락이 가리키는 곳을 보니, 정말 그렇게 눈을 씻고 봐도 보이지 않던 산장이 선명하게 눈에 들어왔습니다. 우리는 그곳을 향해 전력으로 질주했습니다. 도착하고 보니, 그것은 산장이 아니라 군인 대피용 간이 구조물이었습니다. 간이 구조물이라고는 해도 나무로 튼튼히 지어져 있었고, 안으로 들어가니 이층 구조로 되어 있었습니다. 우리는 우선 내부 시설 중 나무로 된 것을 잘게 잘라 불이 건물로 번지지 않게 조심하면서 불을 피웠습니다. 그리고는 젖은 옷을 말리고 비상식량으로 가져간 초콜릿을 나누어 먹었습니다. 만일의 사태에 대비해서 절반은 남겨 두기로 했습니다.

그런데 낮 한 때 소나기가 오겠다던 예보는 장시간의 집중호우로 바뀌면서 우리는 거기에서 한 발짝도 나설 수가 없었습니다. 다행히 비와 바람을 피할 수 있는 곳이었기 때문에 멤버들의 얼굴은 걱정한다는 표정보다는 이런 경험을 할 기회도 흔치 않다는 듯한 느낌으로, 상황 자체를 즐기고 있었습니다.

어느덧 해가 지고 밤이 깊어가려 하고 있었습니다. 그러자 한 멤버가, 이제 밤도 깊었으니 어둠을 뚫고 내려가려 하기보다는 여기에서 하룻밤을 묵고 가는 것이 어떻겠냐고 제안했습니다. 모두들 그 말에 동의하고는 하산을 포기했습니다. 우리는 밤늦도록 지금까지 치른 등산 이야기를 하며 웃음꽃을 피웠습니다. 그리고 새벽 1시가 넘어가자 여자 멤버 한 명이 피곤함을 호소하고 나섰습니다. 그래서 우리는 모두 잠자리에 들기로 했습니다. 멤버들과 섞여 잠을 청하려고 누워 있다가 막 잠이 들려고 할 때였습니다.

"꺄아아아악!"

여자 멤버 하나가 비명을 지르며 남자 멤버들 속으로 뛰어드는 것이었습니다. 모두들 놀라 눈을 뜨고는 무슨 일이냐고 물었습니다. 그러자 여자 멤버는 사방을 두리번거리면서,

"이 사람들, 이 사람들이 나를 죽이려고 해! 아악! 아악!"
하며 소리를 지르는 것이었습니다.

"아니, 이 사람들이라니? 누구 말야?"

내가 이렇게 묻자 그녀는 손가락으로 사방을 가리키면서 마구
비명을 질러댔습니다.

"너희들 눈에는 이 사람들이 안 보이니? 제발 가까이 오지 않게
해 줘! 아악!"

외마디 비명을 지르고 그녀는 그만 실신하고 말았습니다. 상
황이 이렇게 되자 저를 포함한 나머지 멤버들도 서서히 공포의
표정으로 바뀌어갔습니다. 그래서 우리는 작은 모닥불을 다시
지폈습니다. 밤을 새우기로 한 것입니다. 모두들 모닥불 주위에
몸을 붙이고 앉아 무서움을 달래기 위해 이런저런 이야기를 나
누었습니다. 한참 이야기를 하고 있는데 천정에서 물방울이 똑
하고 한 방울 불 속으로 떨어졌습니다. 치이이익! 하는 소리와
함께 물방울이 자취를 감추었습니다. 비가 너무 많이 오니까 드
디어 천정이 새기 시작하는 모양이었습니다.

한 방울……, 두 방울…, 세 방울!

빗물 새는 속도가 빨라지기 시작했습니다. 그리고 모닥불
위뿐 아니라 여기저기에서 물방울이 떨어지기 시작했습니다.

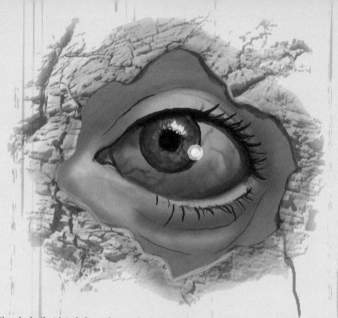

제 이마에 한 방울, 다른 멤버의 손등에 한 방울, 바닥에 한 방울……. 그런데 제가 그것을 닦는 순간, 물방울은 이상하게 끈적거렸습니다. 다른 멤버들도 물방울을 닦으려고 손을 댔다가는 이상한 끈적거림에 인상들을 찡그렸습니다. "뭐지?" 하면서 위쪽을 올려다 본 순간,

"꺄아아아아아~!"

나머지 여자 멤버 한 명이 비명을 지르며 한 손으로 눈을 가렸습니다. 그리고 나머지 한 손으로는 천정의 한 곳을 가리키며 이렇게 말하는 것이었습니다.

"저……, 저기, 사람 눈이 있어! 어떡해~!"

나머지 남자 멤버들은 일제히 여자 멤버가 가리키는 쪽을 올려다보았습니다. 그리고 우리 모두 또한 소리를 지르지 않을 수 없었습니다. 위층과 아래층을 나누어 놓은 나무판자가 벌어진 틈 사이로 사람의 눈동자가 우리를 노려보고 있었던 것입니다. 그리고 물방울은 바로 그 눈동자에서 떨어지는 것이었습니다.

저는 처음에 귀신들에게 딱 걸렸구나 생각했습니다. 그런데 한참이 지나도록 끈적거리는 물방울만 떨어진 뿐, 그 눈동자의 주인공은 아무 짓도 하지 않는 것이었습니다. 그래서 저와 다른 남자 멤버 한 명이 이층으로 오르는 계단을 조심스럽게 올랐습니다. 계단을 다 오른 순간, 저는 그만 눈을 돌리지 않을 수 없었습니다. 거기에는 시체 두 구가 나란히 누워 있었기 때문입니다.

비가 오자 지붕에서 비가 샜고, 샌 빗물은 시체 위에 떨어졌다가 시체의 진액을 머금고 다시 1층으로 떨어진 것이었습니다. 우리는 밤이 새기를 기다려 곧바로 하산했고, 그 사실을 경찰에 신고한 후, 다음 산행을 취소하고는 곧바로 서울로 올라왔습니다.

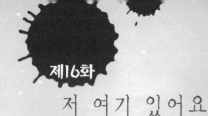

제16화
저 여기 있어요

제가 군 시절 근무한 부대는 민통선 이북에 위치해 주민의 왕래가 철저하게 통제된 곳이었습니다. 민통선 이북을 출입할 수 있는 사람은 농사를 짓는 지역 주민 중에서 출입증을 가진 사람에 한정되어 있었습니다.

그 일은 제가 상병 시절에 있었습니다. 민통선 이남 지역 마을에서 몇 달 사이에 여자 세 명이 차례로 행방불명된 일이 일어났습니다. 그 중 두 여자는 술집 종업원이었고 한 명은 술집에서 일을 하고는 있었지만, 종업원이 아니라 가게 주인의 딸이었습니다.

그래서 사람들은 종업원인 두 여자는 아마도 다른 지역으로 아무 말 없이 빠져나간 게 아니냐는 의견에 더 무게를 두었고, 나머지 한 명은 전혀 가출을 할 이유가 없었다는 주위 사람들의 증언에 따라 행불자로 등록된 채, 시간이 흐르고 있었습니다.

그러던 어느 날, 저와 제 밑에 있던 김 이병이 야간 경계근무를 서고 있었습니다. 그 즈음의 야간 경계근무는 민통선 이남 마을의 행방불명 사건도 있고 해서, 상부의 감찰이 강화되어 여간 신경 쓰이는 게 아니었습니다. 그래서인지 입대한 지 얼마 안 되는 김 이병은 무척이나 긴장한 표정이었습니다.

"어이, 김 이병!"

"예, 이 상병님!"

"너무 그렇게 어깨에 힘주지 말고 긴장을 풀어! 긴장하고 있으면 근무 서기가 더 힘들다구."

"예, 잘 알겠습니다, 이 상병님!"

그렇게 긴장하는 김 이병을 달래며 경계 근무를 서고 있는데, 갑자기 김 이병이 초소를 이탈하여 달리기 시작했습니다.

"야! 김 이병! 어디 가!"

저의 물음에는 아랑곳없이 김 이병은 마구 뛰어갔습니다. 그리고 약 15미터 전방의 수풀 속으로 들어가더니 뭔가를 총 개머리판으로 계속 내리치는 것이었습니다. 그래서 제가 쏜살같이 달려가 보니, 어느 여자가 쓰러져 있고, 그 쓰러져 있는 여자를 계속 내리치고 있었습니다. 그 모습은 정말 처참했습니다. 저는 필사적으로 말리려 했지만, 그 힘이 어찌나 센지 김 이병이 휘두르는 소총에 저까지 몇 대 맞았습니다. 저는 순간적으로 '이놈이 제정신이 아니구나.' 판단하고 초소로 돌아와 부대에 사실을 알리고 다시 그 자리로 달려갔습니다. 그랬더니 김 이병은 눈이 뒤집어진 채로 쓰러져 있었습니다.

부대에서는 우선 김 이병을 수감하고 여자 사체의 검사에 들어갔습니다. 검사 결과 그 여자 사체는 이미 며칠 전에 죽어 있었던 것으로 판명이 났고, 신원은 바로 행방불명이 된 술집의 딸이었습니다.

김 이병은 그 행동이 조금 이상하기는 했지만, 직접적인 살해 원인을 제공하지 않았기 때문에 무혐의 처리되어 정상 근무에 들어갔습니다. 이후 김 이병은 가끔 아무 말 없이 멍하니 앉아 있는 경우가 많았습니다.

하지만 시간이 약이라고 1년 가까이 지나고 제가 병장 말년이 되었을 때는 김 이병, 아니 김 상병도 거의 정상을 회복하고 있었습니다. 그래서 내무반에 둘만 있을 때 넌지시 물어 보았습니다.

"어이, 김 상병!"

"네, 이 병장님!"

"너, 그 때 왜 그랬어?"

"에이, 병장님도, 그걸 세삼스럽게 왜 묻습니까?"

"야, 그래도 궁금하잖아. 이제 김 상병한테는 이상 없는 거지?"

"예, 이 병장님. 이젠 괜찮습니다. 그런데 그 때 말입니다, 병장님은 그 여자 모습도 보이지 않았고, 그 목소리도 들리지 않았습니까?"

"그럼, 그 때 무슨 일이 있기는 있었던 모양이구나!"

제가 이렇게 묻자, 김 상병은 이런 이야기를 들려주었습니다.

그 때 병장님과 경계 근무를 서고 있는데, 병장님께서 잠깐 조시더라구요. 그런데 바로 그 때, 앞에서 웬 여자가 나타나더니 "너희들 다 죽여버릴 거야! 이놈들!!!" 하면서 소리를 지르더라구요. 저는 너무나 갑작스런 일이라 아주 당황했지요. 그렇지만 평상복을 입은 여자이고, 손에 총도 들지 않아서 총을 쏠 수는 없었어요. 그래서 얼른 초소 밖으로 나갔더니 달아나더라구요. 저는 전력을 다해 쫓아갔습니다. 그리고 제가 여자가 사라진 수풀 속으로 뛰어들어가자, 그 여자가 갑자기 공격을 해 오는 거예요. 그래서 저도 정신없이 공격을 했어요. 이미 제정신이 아니었으니까 그 뒤로는 어떻게 됐는지도 모르죠. 깨어나 보니 의무실이더라구요.

저는 그 사건이 있은 이후 줄곧 그 일을 생각했어요. 왜? 왜 하필 나한테 나타난 걸까? 아무리 생각해도 해답을 찾을 수 없었는데, 얼마 전에야 그 해답을 찾았습니다. 그리고 그 아픈 기억에서 정상적인 생활로 되돌아올 수 있었습니다.

제 생각에는 말이죠, 병장님. 그 여자는 분명 살해되었을 거예요. 확실하진 않지만 전 그게 군 부대 내 누군가의 소행일 가능성이 가장 높다고 생각합니다. 그러지 않고서는 이곳까지 들어올 수 없으니까요. 죽은 여자는 죽고 나서도 너무나 억울했던 거예요. 최소한 원수는 갚지 못하더라도 자기 시신만은 그렇게 수풀 속에서 썩는 걸 두고 볼 수 없었던 건 아닐까 합니다. 그런데 자신의 위치를 알리기 위한 도구로 왜 저를 선택했을까요? 그건 아마도 신병이 아닌 사람은 별로 놀라지 않고, 자기 시신이 있는 곳까지 따라가지 않을 수도 있다고 생각한 건 아닐까요? 전 그렇게 생각합니다.

아무튼 귀신이 정말 있기는 있는 거네요. 이번에 확실하게 느꼈습니다. 병장님도 조심하시죠. 언제 병장님 차례가 올지 모르니까요.

제17화
왕따

저는 20대 중반으로, 몇 개월 전에 만난 남자와 마음이 맞아, 지금은 결혼을 전제로 사귀고 있습니다. 엄마는 그런 저의 근황을 들으시고는 이렇게 말씀하셨습니다.

"얘, 아무리 사람이 좋다고 하지만, 우선 궁합부터 봐야 하지 않겠니? 내 친구 중에 기가 막히게 잘 맞춘다는 점쟁이가 있는데, 같이 한 번 안 가 볼래?"

"에이, 그런 걸 봐서 뭘 해. 사람 좋고 착하면 됐지."

저는 이렇게 대답하고는 어머니의 제안을 일언지하에 거절했습니다. 하지만 며칠이 지나면서 제 마음은 은근히 두 사람의 궁합을 보고 싶어졌습니다. 그래서 엄마가 다시 한 번 권해 주기를 은근히 기다렸는데, 그런 딸의 마음을 어떻게 아셨는지, 아무래도 한 번 보는 게 좋지 않겠느냐며 다시 한 번 말씀하시는 것이었습니다. 그래서 지금 엄마와 함께 그 용하다는 점쟁이 무당을 찾아가는 중입니다.

그러고 보니 10년 전, 제가 중학생 때의 일이 생각납니다.

우리반에 왕따 아이가 하나 있었습니다. 얼굴도 나쁘지 않고, 성적도 중간 이상으로 굉장이 평범한 아이였는데, 왕따의 이유란 게, 그 아이의 엄마가 무당이라는 허무맹랑한 이유였습니다. 물론 무당이라는 직업이 극히 평범한 것은 아니고, 중학교 소녀들에겐 약간의 저항감이 있는 직업이 아니었나 하는 생각이 듭니다. 제가 변명을 하려는 건 아니고, 저는 왕따를 시키는 세력에 가담은 하지 않았습니다. 물론 적극적인 반대로 하지 않았지만 말입니다.

아이들이 그 애를 괴롭히는 방식은 다양하기도 했지만 개중에는 끔찍한 것들도 있었습니다. 예를 들면 수학여행 때, 밤 12시가 넘은 시각에 자고 있는 그 애를 억지로 깨워서는 여러 명이 그 애를 에워싸고 앉아 귀신을 부르는 주문을 외운다든지, 점심시간 전에 체육 과목이 있는 날이면 주번을 시켜 그 아이의 도시락에 벌레를 넣어둔다든지 하는 식이었습니다.

그러던 어느 무더운 여름날이었습니다. 운동장 안으로 구급차가 다급한 비명을 지르며 들이닥쳤습니다. 수업을 받던 아이들은 모두 창문에 매달려 구경을 했고, 저 역시 무슨 일인가 싶어서 창밖을 내다봤습니다. 얼마 지나지 않아, 한 아이가 남자

선생님에게 업혀 구급차에
실려갔습니다. 실려나간
학생은 다름 아닌 바로 그
왕따 아이였습니다. 그 때
는 학년이 바뀌면서 그 아
이와 다른 반이었기 때문에
정확한 속사정을 잘 몰랐는
데, 나중에 들리는 소문으
로는 정말 끔찍한 일이 있
었다고 합니다.

그 날 점심시간이었습니
다. 매번 그녀를 괴롭히던 아
이들이 오늘은 귀신 부르는 새
로운 주문을 알아왔다며, 동전을 꺼
내 그녀의 손에 쥐어주고 눈을 감게
했다고 합니다.

"자, 넌 이제 먼 길을 걸어가고 있
어. 네 손에 있는 건 이 동전뿐이고
주위엔 아무도 없는 거야. 길을 따라 계속 걸어봐. 공중전화가
보이지? 그 공중전화로 전화를 걸어."

원래 주문은 공중전화에서 전화를 걸고 있으면 거울이 나타나 자신을 비추고 미래의 배우자를 보여준다는 것이었습니다. 하지만 여기서부터 엇갈리기 시작했습니다.

"문 있어."

"문? 웬 문?"

"문 열래."

"……누가?"

"할아버지가……."

그때였습니다. 갑자기 왕따 아이가 벌떡 일어나더니 창문 쪽으로 마구 뛰어가더라는 겁니다. 아이들은 놀라 그 아이를 붙잡으려 했지만 그 힘이 얼마나 센지 당해낼 수가 없었다고 합니다. 하지만 교실은 꼭대기인 4층이었기 때문에 필사적으로 그 아이를 붙잡았다고 합니다.

"놔! 할아버지가 따라오랬어! 할아버지 같이 가!!"

거의 반 전체가 그 아이에게 매달렸고, 결국 실랑이 끝에 창문에 반쯤 걸쳐져 있던 그 아이는 거품을 물고 쓰러졌다고 합니다.

일주일 후 다시 학교로 돌아온 그 아이는 결국 자퇴를 하고 말았습니다. 아이들은 할아버지의 정체에 대해 물어봤지만 아무 말도 하지 않았다고 합니다.

그렇게 그 아이는 제 기억 속에서 잊혀져 갔고, 저는 지금 엄마와 저의 미래를 점치기 위해 점쟁이 무당을 찾아 갑니다. 만약에, 만약에 말입니다, 그 점집에서 그 아이를 만난다면 어떻게 될까요?

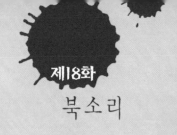

제18화
북소리

저의 중고등학교 시절 이야기를 해 드리겠습니다.

그 시절 제가 살던 곳은 시골이라 학교에서 집까지 1시간 정도를 걸어서 통학했습니다. 당시의 시골길이 으레 그랬던 것처럼 우리 동네와 학교를 잇는 길에는 가로등이나 민가가 전혀 없었습니다. 다니는 길 중간쯤에 냇물과 다리가 있었고, 다리를 조금 지나면 논으로 향하는 길에 두세 평 남짓한 폐가가 한 채 있었습니다. 이 폐가는 제가 어릴 적부터 있던 것인데, 누가 사는 것도 아닌데 항상 그 자리에 있어서 우리는 그냥 그런가 보다 하며 아무 생각 없이 지나치던 곳입니다.

사실 말이 집이지, 나무판자로 대충 이어놓은 조악한 것이었습니다. 당연히 인기척도 없고 불이 켜지거나 하는 일도 없었습니다. 그래서 이 길은 밤이 되면 항상 칠흑 같은 어둠만이 존재하는 그런 곳이었습니다.

112

중학생이던 어느 날.

둥. 둥. 둥. 둥……

밤에 어머니와 동생 그리고 저 셋이 함께 그 길을 걷는데, 어디선가 북소리가 들렸습니다. 하지만 앞에서 말씀 드렸듯이 그 길엔 민가가 없었기 때문에 북소리가 날 만한 곳은 전혀 없었습니다. 저는 조금 이상한 느낌이 들어서 어머니께 여쭈어 보았습니다.

"엄마, 북소리 같은 거 들리지 않아?"

"얘가 무슨 뚱딴지같은 소리야? 여기에 어디 그런 소리 날 만한 데가 있겠니? 너 또 귀가 멍멍한 거 아냐?"

돌아온 대답은 나만 바보 되는 말뿐이었습니다. 그 후로도 몇 번인가 북소리가 들리는 것 같았지만, 환청이라 생각하고 그냥 지나쳤습니다.

그리고 고등학생이 되었습니다. 고등학생이 되자 야간 자율학습을 하느라 그 길을 밤늦게 혼자 걷는 일이 잦아졌습니다. 가끔 다리를 지나거나 폐가를 지나칠 때 북소리를 듣곤 했는데, 그 때는 하도 자주 들어서 별로 신경을 쓰지 않았습니다. 그리고 무의식중에 어디 절에서 치는 북소리가 희미하게 여기까지 들리는 것이겠지 정도로 생각했습니다.

그러던 어느 날, 그날도 야간 자율학습을 마치고 혼자 집에 걸어가는 길이었습니다. 길 중간에 다리를 건너는데, 그날도 북소리가 들리는 것이었습니다. 늘 있는 일이라 별 생각 없이 그저 집으로 가는 발걸음을 재촉했습니다. 그런데 다리를 지나려는데, 어디에선가 다른 소리가 섞여서 들렸습니다. "뭐지?" 이상하게 생각한 저는 귀를 기울이며 걸었습니다. 그리고 다리 위로 올라서니 그 소리는 다리 밑에서 나는 것이었고, 그것은 분명 아기의 울음소리였습니다.

"응애~ 응애~ 응애~"

끊어질 듯 자그맣게 들리는 아기 울음소리. 그리고 북소리가 뚝 끊기더니 이번에는 아기 울음소리만 남았습니다.

"응애~ 응애~ 응애~"

소름이 목줄기를 타고 얼굴로 밀어닥쳤습니다. '다리 밑에서 아기 울음소리라니!' 저는 힘이 빠져나가는 다리에 힘을 주며 빠른 걸음으로 다리를 지나 집으로 향했습니다. 아기 울음소리는 한동안 따라오다가 얼마 지나자 들리지 않게 되었습니다. 1, 2분 정도의 짧은 시간이었지만, 그 때의 공포감은 아직도 잊혀지지 않습니다.

그 아기 울음소리를 들은 이후로 저는 한 번도 경험하지 않았던 가위에 눌리는 일이 잦아졌습니다. 고등학교를 졸업하고 서울에 있는 언니 집으로 옮겨 대학을 다니던 어느 날, 언니와 이런저런 이야기를 하다가 시골집이 화제에 올랐습니다.

"어휴~, 난 이제 시골집에서는 살지 않을래. 난 그 동네 싫어."

하며 제가 겪었던 북소리와 아기 울음소리 이야기를 했더니, 놀랍게도 언니도 저와 같은 장소에서 같은 경험을 했다고 합니다. 제가 북소리와 아기 울음소리를 들었던 다리 위에서, 언니는 북소리와 함께 여자의 울음소리를 들었다고 합니다. 그래서 저는 이렇게 물었습니다.

"북소리는 절에서 난 거지?"

그랬더니 절에 자주 다녔던 언니가 하는 이야기에 등골이 오싹해졌습니다.

마을에서 가장 가까운 곳에 있는 절은 자동차로 1시간 정도 걸리는 산속에 있었고, 뿐만 아니라 그 절에는 북이 아예 없다고 합니다. 그리고 폐가라고 생각했던 다리 근처 낡은 집은 마을에 초상이 났을 때 꽃상여나 기타 물건을 보관하는 곳집이었다고 합니다.

과연 제가 들었던 북소리는 어디서 들린 거였는지, 또한 울음소리는 무엇이었는지…….

지금은 세월이 지나 길가에 가로등이나 건물이 여럿 생겼지만, 길가에 있는 낡은 곳집은 함부로 부수면 안 된다고 하여 아직도 그 자리를 지키고 있습니다.

제19화

정체불명의 순찰자

군대라는 조직은 매우 특수한 조직입니다. 특히 민간인의 출입이 통제된 지역에서는 민간인이 경험하지 못하는 이상한 경험들을 하는 경우가 많습니다. 저도 그와 같은 처지에서 군대 생활을 했습니다.

제가 복무한 부대는 서해한 영종도와 연육교 사이에 있었습니다. 섹터별로 청라도, 장도, 장미사 등으로 구분하는데, 서해안에 위치한 주요 공장 및 발전소가 있는 곳이라 민간인의 출입이 철저하게 금지되어 있습니다.

민간인이라야 발전소 직원뿐이었고, 우리는 그들이 이용하는 직원전용 버스까지도 철저하게 체크한 후에 출입을 허가하는 임무도 맡고 있었습니다. 제가 생각해도 특별하게 보안이 까다로웠던 해안 G.O.P였습니다.

어느 날, 새벽근무 나가던 길이었습니다.

초소까지의 거리는 2km나 되고, 해안 G.O.P라서 손전등도 제대로 켜지 못하고 달빛에 의지하여 폭이 1m도 되지 않는 철책길을 따라 걸어야 합니다. 바로 옆은 바다로, 야간근무 중 졸다가 물에 빠지는 사고가 종종 일어나기도 합니다.

그날은 마침 비가 내려서 평소보다 신중하게 철책길을 걷고 있었는데, 앞에서 간부 우비를 입은 사내가 오고 있었습니다. 좁은 길이라서 수화하기엔 위험해서 경례만 하고 지나쳤습니다. 그리고 한 시간 정도 걸어 초소에 도착하여 전 근무자들과 인수인계하는데, 문득 방금 전 일이 생각났습니다.

"야! 오늘 순찰 돈다고 했냐?"

"그런 소리 못 들었습니다."

혹시나 하는 마음에 70형 전화기(70년대 쓰던 구형전화기를 이렇게 부릅니다)를 돌려 초소 상황실로 신호를 넣었습니다.

"너 왜 순찰 나온다고 미리 말 안 했냐? 근무 깨지게 하고 싶냐!"

"아닙니다. 그런 말 없었습니다."

"그래?"

"대대나 여단 급에서 순찰 나온다는 인수인계 못 받았고, 출

입구 키도 제가 갖고 있습니다. 그럴 일 절대 없습니다."

정말 이상한 일이었습니다. 철책으로 들어가는 입구의 열쇠 예비분은 분명 상황실 행정병이 가지고 있고 순찰자가 나온다는 정보도 없었다니? 그러면 이게 어찌된 일일까요? 저는 일단 상황병 말을 믿기로 하고 부대로 복귀했습니다. 혹시 부대로 복귀하는 하사관 계급장을 단 사병을 간부로 착각했을 수도 있겠구나 생각했습니다.

근무를 마치고 초소에 들어와 부사수와 라면을 먹기로 했습니다. 다음 근무까지 남은 시간이 1시간. 자기도 뭐하고 안 자기도 뭐해서 출출한 배나 달래기로 한 것입니다. 마침 상황병이 커피를 끓이러 취사장 안으로 들어오길래 제가 물었습니다.

"간부 우비 몇 개나 있냐? 남은 거 있으면 나도 좀 줘라 입고 가게."

"간부 우비 말입니까? 며칠 전에 옆 대대 사병들이 몰래 입다가 적발되지 않았습니까. 그 일이 있은 다음날 바로 여단에서 싹 걷어갔습니다."

순간 섬뜩한 기분이 들었습니다.

"그럼 초소에 남아 있는 간부 우비는 하나도 없다는 말 아냐?"

"네. 창고까지 싹 다 뒤져서 하나도 남김없이 훑어갔습니다.

119

지금 병장 고참님들도 다 판초우의 입고 근무 나갑니다."

정말 이상한 일이었습니다. 분명히 부사수와 내가 함께 본 그 간부 우비를 입은 사내는 대체 누구란 말인지? 정말 이해하기 힘들었습니다. 순찰 나온 사람은 아무도 없는데, 정작 근무 나갔던 나와 부사수는 순찰자를 봤으니 말입니다. 그렇다면 이건 보고해야 하는 상황인지도 모르는 일입니다. 보고를 해야 할지 말아야 할지 고민하고 있는데, 마침 초소에 복귀한 고참 병장 근무자가 비에 쫄딱 젖은 판초우의를 벗으며 상황병에게 외치는 소리가 들렸습니다.

"야이 개**야 죽고 싶냐! 순찰 나오는 거 왜 말 안 했어!"

무슨 일로 그렇게 화를 내느냐고 물었더니, 두 시간 전에 철책길에서 초소로 오면서 하사관 계급장이 붙은 간부 우비를 입은 순찰자를 봤다는 것이었습니다.

이럴수가!!! 그렇다면 나와 부사수, 그리고 고참 병장과 그 부사수가 본 그 간부 우비를 입은 순찰자는 누구란 말인가?

당시에는 달리 규명할 방법도 없고 해서 쉬쉬하고 넘어갔는데, 몇 달이 지난 후에 우연히 다음과 같은 이야기를 순찰 나온 어느 간부에게서 듣고는 온몸이 오싹하는 전율을 느꼈습니다. 그러니까 몇 년 전 비가 억수같이 퍼붓던 날, 한 장교가 순찰을 나갔다가 근무를 서던 사병의 오발 사격으로 인해 죽음을 당한 사건이 있었다는 이야기를 말입니다. 그렇다면 그 때 그 정체불명의 순찰자가 바로 그 장본인이 아닐까요? 그래서 비가 오는 날이면 자신의 근무지에 나타나 순찰을 돌고 있는 것은 아닐까요?

제20화
낙동강의 원귀들

동족상잔의 비극 육이오 때는 우리나라의 거의 모든 곳에서 전투가 심했습니다. 그리고 사람들도 엄청나게 많이 생명을 잃었습니다. 무엇보다 안타까운 일은 전쟁터에 나간 군인들만 죽은 것이 아니라, 전투를 하지 않은 노인 분들과 아주머니, 그리고 어린아이 같은 민간인도 아주 많이 죽었다는 사실입니다. 특히 당시에는 총알이 너무 비싸서 그것을 아끼느라고 사람들을 생매장하거나 강물에 빠뜨려 죽인 적도 많았습니다. 그 많은 억울한 죽음은 전쟁이 얼마나 끔찍하고 잔인한지를 알려 주는 귀한 교훈이라고 하겠습니다.

* *

이 이야기는 어머니 친구 분께서 어머니에게 들려주신 이야기라고 합니다. 워낙 희한한 일인 데다 또 믿지 않을 수 없는 이야기여서 그 이야기만 하면 아직도 등골이 오싹해진다며, 어느 더운 여름날 저와 형 그리고 누나 이렇게 세 명을 앉혀 놓고 수

박을 먹을 때 더위를 식혀 주시겠다면서 들려 주셨습니다.

육이오가 끝나고 몇 년이 지난 어느 날, 낙동강 부근에 한 아저씨가 살고 계셨답니다. 낙동강은 육이오 당시에 얼마나 많은 사람들이 빠져 죽었는지, 그 물이 벌건 피로 물든 날이 많았다고 할 정도였습니다.

하루는 그 아저씨가 일을 마치고 자고 있었다고 합니다.

쾅쾅쾅쾅! "계십니까? ...... 계세요?"

문 밖에서 다급하게 부르는 소리가 들려 눈을 떠보니 자정을 조금 넘긴 시간이었답니다.

"이 시간에 누가 이렇게 잠을 깨우는 거야?"

하며 반쯤 졸린 눈으로 밖에 나가보니, 흙탕물이 묻은 하얀 옷을 입은 한 남자가 머리도 헝클어진 모습으로 서 있더랍니다. 약간 섬짓한 느낌이 든 아저씨는,

"아니 이 오밤중에 댁은 뉘쇼?" 하고 물었더니,

"여기가 OOO씨 댁 맞죠?" 하며 아저씨 이름을 대더랍니다.

"예, 그렇소만, 무슨 일이시오?" 하고 물으니,

"지금 당신 당숙께서 돌아가셔서 부고를 전하러 왔습니다. 어

서 저와 같이 가셔야겠습니다. 어른들께서 모셔 오라고 했습니다." 하고 대답하더랍니다.

당숙이 돌아가셨다는 말에 깜짝 놀란 아저씨는 앞뒤 가릴 것 없이 잠시 기다리라고 일러두고는 방으로 돌아와 옷을 챙겨 입고 다시 문밖으로 나왔답니다. 그랬더니 아까의 그 남자는 어느새 자전거를 옆에 놓고 기다리고 있었답니다. '자전거가 있었나?' 하는 이상한 생각이 들었지만, 당숙께서 돌아가신 마당에 우물거리고 있을 때가 아니라서 아저씨는 그 남자의 자전거 뒤에 타고 당숙 댁으로 향했다고 합니다.

가는 길에 자전거 뒤에 탄 아저씨는 그 남자에게 당숙께서는 어떻게 돌아가셨느냐고 물었습니다. 그랬더니 아무 대답을 하지 않더라는 겁니다. 그런데 이상한 것은 시골길인 데다 길이 포장도 되어 있지 않은데, 자전거가 덜컹거리지도 않고 부드럽게 나아가더랍니다. '이 사람 자전거를 참 잘도 타는구나.' 하고 생각한 아저씨는 스르르 잠이 왔다고 합니다. 자전거 뒤에서 잠을 자면 떨어질지도 모른다는 생각에 아저씨는 안장을 잡은 손에 힘을 주었지만, 계속 잠이 쏟아졌다고 합니다.

그러다가 잠이 든 건지 어쨌는지 모를 지경이 된 상태에서 얼마나 갔을까요? 느닷없이 누군가가 뺨을 후려치더랍니다. 번쩍 정신이 나서 얼굴을 들어보니, 술을 많이 마셨는지 얼굴이 벌건 어떤 할아버지가 아저씨의 뺨을 계속 후려치면서 "아, 이 사람아! 그 차림으로 어디 차디찬 강바람 부는 데까지 와서 이러고 있어?" 하며 호통을 치더라는 겁니다. 그래서 아저씨는,

"아니, 할아버님! 누구신데 지금 상갓집에 가는 저한테 이렇게 행패를 부리시는 겁니까?" 하고 따져 물었답니다. 그랬더니 그 할아버지는,

"아니, 상갓집에 간다는 사람이 옷차림이 그게 뭔가?"라고 하시더랍니다.

아저씨는 황급하게 자기가 입은 옷을 보았답니다. 그랬더니 이게 웬일입니까? 옷이 온통 빨갛게 핏물이 들어 있었다고 합니다. 어찌된 영문인지 몰라,

"아니 이게 어떻게 된 거요?" 하고 함께 자전거를 타고 있던 그 남자에게 물으려고 고개를 돌려 보았습니다. 그랬더니 술 취하신 할아버지가

"아니 누구한테 물어 보는 거요?" 하고 묻더랍니다.

"어? 지금 저와 함께 자전거 타고 있던 그 남자 못 보셨습니까?" 하고 아저씨가 물으니

"그 남자? 여기에 다른 사람이 어디 있단 말이오? 당신은 방

금 그런 옷차림을 하고 이 낙동강 강물 쪽으로 걸어가고 있었단 말이오! 사람이 죽으려고 환장을 했나 원...... 쯧쯧쯧!"

"뭐라구요? 아니 이 사람이 어딜갔지?"

"아 글쎄 누굴 찾느냐구?" 하고 할아버지가 호통을 치더랍니다.

겨우 정신을 차린 아저씨에게 그 할아버지는 이렇게 말해 주었답니다.

"내가 술을 마셔서 취하기도 했고 너무 늦어서 집에 갈까 고민하고 있는데, 퍼뜩 집에 가야겠다는 생각이 들더군. 딴 때 같았으면 아마도 술 마신 친구 집에서 잤을 텐데, 오늘은 이상하게 집에 가고 싶어지더라구. 그래서 부랴부랴 집으로 가고 있는데, 당신이 저쪽에 이쪽으로 걸어오더니 대뜸 강물 쪽으로 걸어가는 거야. 그래서 아차 이러다가 저 사람 강물에 빠져 죽겠구나 싶어서 가까이 가 보았더니, 눈을 감고 있지 뭐겠나. 그래서 내가 하도 다급해서 뺨을 치면서 당신의 눈꺼풀을 들어올려 보았더니 아 글쎄 눈동자가 허옇지 뭐야. 이 사람 귀신에 홀렸구나 싶어서 뺨을 계속 후려갈기며 당신을 말려 세운 거야."

아저씨는 나중에 이런 생각을 했다고 합니다. 낙동강의 원한 맺힌 귀신들이 자기를 홀려 죽이려 했다고요. 그런데, 자기를 살려준 그 할아버지는 누구일까? 이 동네에서 그런 사람을 본 적이 없는데…….

제21화

그 날 밤, 동생에겐 무슨 일이 있었던 걸까?

어떤 귀신이 내 몸에 들어와서 내 몸을 그 귀신 마음대로 조종하면서 무슨 일을 일으킨다면 어떻겠어요? 정말 소름끼치는 일이 아닐 수 없습니다. 이런 현상을 '빙의'라고 하더군요. '빙의'라는 말이 있는 걸 보면 그런 현상이 실제로 있을 것 같은 생각이 들기도 하겠죠. 그런데 저는 그런 일을 직접 당해 보았답니다.

제가 초등학교 6학년 때 일이에요. 저에게는 3학년짜리 남동생이 있었는데, 사건은 어느 여름날 밤에 일어났습니다.

여름이 되면 TV에서 '전설의 고향'이라는 것을 방영했습니다. 그 날은 '전설의 고향'을 하는 날이었는데, 저는 워낙 무서움을 많이 타는 소녀였기 때문에 그것을 싫어하기도 했지만, 저녁을 너무 많이 먹어 배도 부르고 잠이 쏟아지는 바람에 일찍 잠이 들었습니다. 동생은 그래도 남자라고 '전설의 고향'을 꽤나 좋아했습니다.

아마도 한참 잠을 자고 있었을 겁니다. 그런데 어느 순간 갑자기 너무나 배가 아파오는 것이었습니다. 저는 잠을 자고 있었기 때문에 일어나서 엄마를 부르려고 했습니다. 하지만 이상하게도 몸이 움직여지지 않는 것이었어요. 배는 계속해서 아프고 정신은 똑바로 있는데, 몸이 말을 안 들어서 일어날 수도 없고 소리를 지르려고 해도 목소리가 나오지도 않았습니다. 그 시간이 얼마나 길었는지 모릅니다. 그런 고통을 또다시 겪는다면 정말 미쳐버릴지도 모르겠어요.

얼마나 시간이 지났을까요? 갑자기 배의 통증이 사라졌습니다. 그리고 눈도 떠지고 몸도 움직였습니다. 저는 얼른 일어나서 엄마를 부르며 울기 시작했습니다. 그런데 이게 웬일입니까? 엄마가 동생을 안고 계셨는데, 동생 입에서 거품이 나오고 있었습니다. 엄마는 저를 달래시면서 119로 전화를 했고, 동생은 구급차에 실려 병원으로 옮겨졌습니다.

집에 혼자 남아 있기가 너무나 무서웠던 저도 엄마 아빠를 따라 병원으로 갔습니다. 다행히 동생에게는 아무 일도 없었습니다. 저는 또 쏟아지는 잠에 아빠 품에서 스르르 잠이 들고 말았습니다.

얼마나 잤는지 모르겠는데, 잠결에 얼핏 엄마와 아빠가 이야기하시는 것이 들렸습니다.

"아니, 어떻게 된 거야?"

"아 글쎄 얘가 TV를 보다가 말고 갑자기 일어서는 거예요. 그래서 어디 가냐고 했더니 아무 대답도 안 하고 자기 누나 자는 방으로 들어가잖우. 그런데 애 표정이 이상하더라구요. 그래서 살며시 따라가 봤더니, 애가 갑자기 눈을 하얗게 뜨고는 몸을 덜덜덜덜 떨더니 제 누나 배 위로 올라가서 깔깔깔깔 웃어재끼며 마구 뛰는 거예요. 그래서 제가 부리나케 애를 안고 막 울었죠. 정말 무섭더라구요."

"아니, 그게 무슨 일이야, 글쎄? 참 희한한 일도 다 있네 그려."

"이제 어떻게 하죠, 여보?"

"아, 글쎄, 어떻게 해야 쓸까?"

두 분은 크게 걱정을 하셨는데, 다행이 그 이후로 남동생에게는 그런 일이 일어나지 않았습니다. 지금은 다 커서 하는 이야기이지만, 동생에게 그 일을 물어 보아도 전혀 기억이 나지 않는다고 합니다.

여러분은 이 이야기도 안 믿을지 모르지만, 저와 우리 식구는 직접 경험한 일이기 때문에 안 믿을 수가 없죠. 지금도 생각하면 아찔한데요. 그 때 동생에게는 무슨 일이 일어난 걸까요?

'빙의'. 당신에게도 아무 예고 없이 어느 날 불쑥 찾아갈지도 모릅니다.

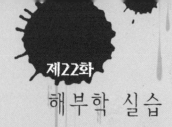

제22화
해부학 실습

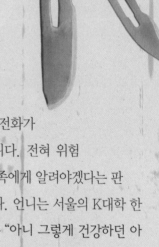

부산에 사는 저는 지금 재수 중
입니다. 우리집은 제가 재수하
는 것만 빼고는 평화로운 분
위기입니다.

어느 날, 서울에 있는 병원에서 전화가
왔습니다. 언니가 쓰러졌다는 것입니다. 전혀 위험
하거나 한 상황은 아니지만, 일단 가족에게 알려야겠다는 판
단에 연락을 해 온 것이라고 했습니다. 언니는 서울의 K대학 한
의대에 다니고 있었습니다. 부모님은 "아니 그렇게 건강하던 아
이가 왜 갑자기 쓰러져!" 하시면서 부랴부랴 서울로 향했습니다.
재수 중이라 마음이 답답했던 저도 기회다 싶어 서울 구경도 해
볼 겸 부모님을 따라나섰습니다.

서울 K의료원에 도착하니 언니는 벌써 아무렇지도 않은 듯
병상에 앉아 있었습니다. 언니는 이젠 괜찮다고 하는데, 병원에

서는 좀 더 안정을 취하는 게 좋다며 며칠 입원해 있으라고 했답니다.

아빠 엄마는 대체 무슨 일이냐고 다그치듯 물으셨습니다. 그랬더니 언니는 몸서리를 치면서 생각하고 싶지도 않지만 여기까지 오셨는데 얘기를 안 할 수도 없다며 공포에 질린 표정으로 다음과 같은 이야기를 들려주었습니다.

그 날도 평소와 다름없이 도서관에서 공부를 하고 친구들과 저녁 식사를 함께 한 후 집에 돌아와 잠을 청했다고 합니다. 한 번 잠이 들면 누가 업어 가도 모를 지경으로 아침까지 깨지 않고 자는 체질인데, 한참 잠을 자다가 갑자기 눈이 번쩍 떠지더랍니다. 그래서 아침인 줄 알고 일어나려고 했는데, 몸이 전혀 움직이지 않더랍니다. 아무리 발버둥을 쳐도 몸이 말을 듣지 않자, 몇 시쯤이나 되었는지 보려고 벽시계 쪽으로 시선을 돌린 순간, 언니는 그만 몸이 굳어 버리고 말았답니다.

천정 한 쪽 구석에서 팔 다리를 흐느적거리면서 온몸에서 피를 뚝뚝 흘리는 할머니가 언니를 뚫어져라 노려보고 있었다지 않겠습니까? 그래서 언니는 필사적으로 일어나려고 몸을 움직여 보았지만 여전히 몸을 옴쭉달싹도 할 수 없었다고 합니다. 언니는 그 처참한 모습의 할머니를 보지 않으려고 눈을 꼭 감았다고 합니다. 그런데 이번에는 눈도 감겨지지 않았답니다. 그리고 다른 곳을 보려고 눈동자를 돌리려고 해도 그럴 수가 없었답니다. 정말 이러지도 못하고 저러지도 못한 채 할머니의 모습을 계속 보고 있을 수밖에 없었답니다.

얼마를 그러고 있었는지, 언니는 그 시간이 너무나 길어 만약 지옥이라는 데가 실제로 존재한다면 아마 이런 곳일 거라고 생각했답니다. 얼마 동안이나 그랬는지, 어느 순간 언니가 몸을 움직일 수 있게 되었답니다. 그리고 동시에 할머니도 어디론가 사라지고 없더랍니다. 너무나 무서웠던 언니는 친구에게 전화를 걸어 그 친구 집에서 그 날 밤을 보냈답니다.

그리고 며칠 후, 해부학 강의의 해부 실습수업이 있는 날이었답니다. 며칠 전 밤에 있었던 일은 까맣게 잊은 채 학교생활을 하던 언니도 실습실로 향했답니다. 그리고 해부 실습을 시작하기 위해 시신을 개봉한 순간, 언니는 의식을 잃고 쓰러지고 말았던 것입니다.

거기에는 며칠 전 밤, 그토록 언니를 괴롭게 하던 할머니의 시신이 놓여 있었다는 겁니다. 언니의 혼절로 인해 수업은 중단되었고, 의식을 회복한 언니의 이야기를 들은 해부학 강의 교수님께서는 이상하다는 표정을 지으시며, 해부 실습용 할머니의 시신을 해부 실습에서 제외시키셨다고 합니다.

돌아가신 그 할머니는 자신의 시신에 칼이 닿는 것을 싫어해서 그랬던 걸까요? 정말 그렇다면 귀신이 있다는 말인데요. 아니, 언니가 직접 겪은 일이니 믿지 않을 수도 없는 일 아니겠습니까?

제23화
눈 덮인 아파트

　제가 사는 이 아파트는 무척이나 오래된 건물입니다. 들리는 이야기로는 재개발 승인이 나왔는데도 개발업자가 관청에 서류를 넣고 공사 준비를 하려고 하면 갑자기 그 개발업자의 회사가 부도가 난다든지, 그렇지 않으면 철거를 하려고 장비를 투입하면 철거 장비들이 갑자기 고장을 일으켜 철거 작업이 아예 취소된다든지 하는 일이 있었다고 합니다. 그리고 금방이라도 쓰러질 것 같은 아파트 건물은 이상하리만치 심한 손상이 오거나 금이 가는 일이 일어나지 않았다고 합니다.

　아파트 주민들은 아파트가 재개발되어야 값도 오르고 목돈을 만질 수 있겠지만, 한편으로는 망가지지 않는 것도 이상하다 여기면서 대부분은 세를 주고 다른 곳으로 이사해 살고 있다고 합니다.

　아~, 물론 저는 이 아파트에 세를 들어 살고 있습니다. 외관이 워낙 낡은 데에다 곧 재개발에 들어갈 것으로 예정되어 있었기 때문에 보증금이 아주 쌌습니다. 이만한 돈에 이렇게 넓은 곳에서 살기란 서울 하늘 아래에서는 거의 불가능한 일이죠. 하지만 아파트 주변의 스산한 느낌은 나갈 때나 돌아올 때면 썩 좋지 않은 기분을 들게 합니다.

그런데 이사하고 몇 개월 지나지 않은 어느 겨울날이었습니다. 눈이 얼마나 내렸는지 사방이 하얗게 덮이고 건물들의 불빛만이 하얗게 덮인 눈 속에서 깜빡거리던 어느 겨울날이었습니다. 그날따라 왠지 잠도 잘 오지 않아 커피 한 잔을 타서 창밖으로 내리는 눈을 한참 바라보며 잔잔한 음악을 듣고 있을 때였습니다.

딸깍 딸깍······.

이 고요한 밤중에 어디에서 나는 소리지? 옆집에서 나는 소리 같지는 않고?

딸깍 딸깍······.

또 그 소리가 납니다. 자세히 들어보니 현관에서 나는 소리 같았습니다. 이 시간에 누가 왔나? 아니 이 시간에 나를 찾아올 사람도 없거니와 나를 찾아온 사람이라면 초인종을 누를 것이지 왜 문고리를 돌리는 것일까? 이렇게 생각이 미치자 왠지 불안한 마음이 들기 시작했습니다. 바로 그 때!

쾅쾅쾅! 딸깍딸깍!

쾅쾅쾅! 딸깍딸깍!

이제는 문을 두드리기 시작하는 것이었습니다. 아주 다급하게!

쾅쾅쾅! 딸깍딸깍!

쾅쾅쾅! 딸깍딸깍!

이렇게 세게 문을 두드리는 걸 보니 누군가 나를 찾아온 모양이구나, 이렇게 생각한 저는 결국 현관문을 향해 조심스럽게 걸어갔습니다.

쾅쾅쾅! 딸깍딸깍!

쾅쾅쾅! 딸깍딸깍!

저는 두근거리는 가슴을 간신히 진정시키고 목에 힘을 주어 문을 향해 말했습니다.

"누…구…세요?"

그러자 문을 두드리는 소리가 뚝 그치고 아무 대답도 들리지 않았습니다.

"누…구세요?"

"……"

"누구시냐구요?"

"……"

"누구세요? 누구세요? 누구세요?"

그 상황을 도저히 참을 수 없었던 저는 결국 소리를 지르며 될 대로 되라는 식으로 문을 확 열어젖히고 말았습니다. 그랬더니 열린 현관문에는 아무도 없었습니다. 그저 아파트 복도만이 덩그러니 눈을 뒤집어쓴 채 조용히 놓여 있었습니다. "뭐야! 에잇! 누가 장난을 치는 거야?" 하면서 문을 닫은 저는 그만 온몸에 소름이 퍼지고 뒷머리가 팽팽하게 당겨지는 것을 느끼면서 문고리를 꽉 잡고 걸쇠를 꼭 걸어잠가야 했습니다.

그것은 현관문 앞에 당연히 있어야 할 발자국이 없었기 때문입니다. 눈이 그 만큼 내렸기 때문에 허공에 매달려 문을 두드리지 않는 한, 현관문 앞이나 복도에는 사람이 다닌 흔적이 있어야 했는데 말입니다. 저는 그 날 밤 내내, 이 아파트가 재건축되지도 않고 팔리지도 않는 이유가 뭔지를 어렴풋하게 느끼면서 한 숨도 잠을 잘 수 없었습니다. 밤새도록 이어지던 그 적막을 생각하면 지금도 몸서리가 쳐집니다.

물론 지금은 다른 곳으로 이사를 했습니다. 돈이 많이 들기

는 했지만, 그래도 공포와 함께 생활하는 것보다는 백 번 낫지
요. 그런데 그 아파트는 아직도 싼값에 세를 놓고 있다고 하네요.
여러분도 그곳은 조심하세요.

제24화

벽을 두드리는 소리

1997년 서울 방배동에서 살인사건이 있었습니다. 좀 오래된 일이라서 아직 나이가 어린 분들은 기억에 없을 테지만, 나이 드신 분들은 기억나는 분들도 계실 겁니다. 어떤 살인사건이었 냐구요? 아마 제 얘기를 들어 보시면 금방 '아~!' 하고 기억이 날 겁니다.

당시 대학 신입생이었던 저는 기말고사와 기말고사 대체 리 포트를 준비하고 있었습니다. 그다지 모범생은 아니었지만, 대 체 리포트 과목이 제가 꽤나 좋아했던 과목이라서 상당히 철저 하게 준비하고 공들여 작성했던 것 같습니다. 정신없이 리포트 를 써 가다 보니 어느덧 밤이 깊어졌습니다. 그러던 어느 순간,

쿵.

쿵.

쿵.

오른쪽 벽에서 둔중한 소리가 들려왔습니다. 주먹으로 벽을 치는 듯한, 그러나 그다지 세지는 않고……, 마치 약간 세게 노크하듯 두드리는 그런 소리. 당시 우리집은 연립주택이어서 옆집과 맞붙어 있었습니다. 그래서 옆집에서 조금 세다 싶게 나는 소리는 거의 다 들렸습니다. 그래서 저는 옆집에서 또 무슨 소리를 내는구나 하고 처음에는 크게 신경 쓰지 않았습니다.

쿵.
쿵.
쿵.

잠시 끊긴 듯하던 그 소리가 다시 들려오기 시작했습니다. 이사온 지 얼마 안 되던 때라 옆집 사람들과는 가벼운 목례만 주고받았지만, 나이가 지긋하시고 얼굴도 온화해 보여 저렇게 밤늦게 몰상식한 행동을 할 분들은 아닐 거라 생각하며 의아해하고 있었습니다.

하지만 점점 규칙적으로 들려오던 그 소리에 슬슬 짜증이 치밀었습니다. 사실 나름대로 열심히 리포트를 작성하던 중이어서 신경이 예민한 상황이기도 했습니다. 신경 끄자 신경 끄자 하며 꾹꾹 참고 있는 와중에도 그 두드리는 소리는 계속되었습니다.

쾅!

결국 저는 참지 못하고 주먹으로 벽을 세차게 내리쳤습니다. 분명 옆집에도 크게 울렸을 겁니다. 그리고 작성하던 리포트를 저장하고, 제 메일로 발송했습니다. 학교나 어디서건 출력해서 참고하며 뒷마무리를 할 생각이었습니다.

다음날 아침, 왠지 시끌벅적해서 눈이 떠졌습니다. 시계를 보니 6시를 막 지나고 있었습니다. 무슨 일인가 싶어 문을 열어 보니, 기다렸다는 듯이 경찰 복장을 한 사람이 저에게 다가왔습니다. 그 때 옆집에는 다른 경찰관 여러 명이 들락거리고 있었습니다.

"잠시 실례합니다. 혹시 여기 사십니까?"

경찰이 다짜고짜 묻는 말에 그렇다고 대답하자, 잠시 조사할 게 있다며 한쪽으로 데려가서는 어젯밤에 뭔가 이상한 일 없었느냐, 무슨 소리 듣지 못했느냐 등등을 물었습니다. 저는 무슨 일이냐고, 무슨 일인지 알아야 대답을 할 거 아니냐고 했고, 잠시 곤란한 표정을 짓던 경찰관은 이렇게 대답해 주었습니다.

"어젯밤 옆집에서 남편이 아내를 살해했습니다. 남편이 바로 자수해서 현재 조사 중이니 걱정하지 않으셔도 됩니다. 다만 수사에 관련되었을 법한 이야기는 다 해 주시지 않겠습니까?"

잠시 멍한 기분이 되었다가 정신을 차린 저는 어젯밤에 있었던 벽 두드리던 소리를 얘기해주었습니다. 그리고 당시 시간은 리포트를 저장했던 시간을 보면 된다며 경찰관과 함께 제 방으로 들어와 파일이 저장된 시간을 보여주었습니다.

이틀 뒤 나름의 죄책감, 즉 벽을 두드렸을 때 내가 나가봤다면 혹시 괜찮았을지도 모른다는 죄책감으로 우울해 있던 제게 연락이 왔습니다. 전화를 받자마자 그 경찰관은 다짜고짜 그 리포트의 저장 시간이 확실한지, 그 시간에 벽을 두드리던 소리가 계속되었는지, 언제부터, 얼마나 그 소리가 들렸는지 등등, 지난번에 이야기한 사실들을 다시 반복해서 확인했습니다.

하지만 제게는 그 질문의 본심이 마치 왜 나가보지 않았느냐고 꾸짖는 것처럼 들렸습니다. 그 소리에 짜증을 냈던 것, 열 받아서 벽을 쳤던 일, 짜증난다고 리포트를 저장하고는 이불을 뒤집어쓰고 잠을 청했던 일 등을 그대로 말해 주었습니다. 질문이 계속되려 하자 저는 짜증이 나서 왜 똑같은 이야기를 자꾸 반복하게 하느냐, 왜 속을 뒤집어 놓는 거냐고 화를 냈습니다. 그랬더니 잠시 말을 잇지 못하던 경찰이 이렇게 말하는 것이었습니다.

"시간이 맞질 않아서 그렇습니다. 부검 결과 사망시간이 10시 경으로 나왔는데 파일이 저장된 시간은 11시 15분이잖습니까. 남편은 11시가 되기 전에 경찰서로 와서 자수했는데……."

"……?? ……!!"

그리고 그 사건 때문에 저에게 경찰로부터 전화가 오는 일은 없었습니다. 그리고 2년이 지나 군대 갔을 때 야간 근무 중에 고참에게 이 이야기를 하자, 그 고참이 이렇게 말하는 것이었습니다.

"그 소리 말이다. 차라리 귀신이 낸 소리라고 생각하는 게 낫지 않냐? 혹시라도 부검이 잘못된 거고, 그 아줌마가 그 때까지 살아 있어서 살려달라고 벽을 그렇게 필사적으로 두드렸던 거라면……. 그 아줌마, 널 얼마나 원망하면서 죽어갔겠냐……."

"……?? ……!!"

제25화

도로가의 무덤들

한 달 전 큰아버님 댁에서 할아버지 제사가 있었습니다. 제가 다른 제사에는 가지 않지만, 할아버지 제사는 여름휴가와 겹치는 경우가 많아 웬만하면 가려고 노력합니다. 그래야 오랜만에 집안 어른들과 사촌 형님이나 동생들도 볼 수 있기 때문입니다.

그런데 이번에 큰아버지 댁에 가는 길은 시간이 절약될 것 같았습니다. 그것은 큰아버지 댁에 가는 길이 중간에서 새로운 길로 연결되었기 때문입니다. 전에는 산을 빙빙 돌아서 가게 되어 있었는데, 얼마 전에 산을 관통하는 새 길이 뚫린 것입니다. 시간은 한 시간 정도 단축되는 모양이었습니다.

그런데 그런 정보를 입수한 것이 오히려 화근이 되었습니다. 그러니까 새 길이 뚫려 도착하는 시간이 빨라진다는 얘기를 듣고 저는 여유를 부리다가 평소보다 2시간이나 늦게 출발했던 것입니다. 마음이 다급해진 저는 차를 빨리 몰아 달렸습니다. 그래서 이제 새로 길이 뚫렸다는 산만 넘으면 되는 지점에 있는 휴게소에서 커피라도 한 잔 하고 가려고 휴게소에 차를 세웠습니다.

커피를 한 잔 뽑아들고 담배 한 개비를 피워 물었습니다. 커피를 반쯤 마셨을까? 웬 할아버지 한 분이 저에게 다가오시더니 이렇게 말씀하시는 것이었습니다.

"혹시 금방 출발할겨? 나 저 산 너머까지만 가면 되는디, 태워다 주면 안 될까?"

그래서 제가 그러시라고 말씀 드렸더니, 또 이렇게 물으시는 것입니다.

"혹시 새로 난 길로 갈거여? 옛날 길로 갈거여?"

그래서 저는 당연히 새로 난 길로 갈 거라고 말씀 드렸습니다. 그랬더니 할아버지는,

"아니, 왜들 다 글루만 가구 그랴. 아~, 한 눈 팔지 말구 조심해서 가. 조심혀서 가야 혀!"

하시면서 무슨 영문인지 묻기도 전에 빠른 걸음으로 가 버리시는 것이었습니다.

'참 이상한 할아버지 다 보겠네.' 하며 속으로 생각하고는, 얼마 남지 않은 제사 시간에 맞추려고 다시 차를 몰았습니다.

휴게소를 빠져나와 한 5분쯤 달리자, 길이 나뉘어 있었습니다. 듣던 대로 새로 뚫린 길이 나타난 것입니다. 혹시 못 찾으면 어떻게 하나 했는데 다행이다 생각하면서 새로 난 길로 접어들었습니다. 새 길은 노면 상태도 좋고 안내등도 잘 설치되어 있었습니다.

한참을 달리고 있는데 안내등이 조금 이상하게 보이기 시작했습니다. 내가 피곤해서 그러나 보다 하고 생각하면서 정신을 더욱 똑바로 차리고 차를 모는데, 길가에 보이는 것은 안내등이 아니었습니다. 자세히 보니 길 양옆으로 무덤이 있었던 겁니다. 그리고 그 무덤에서 희미한 불빛이 하나씩 얹혀 있었던 겁니다.

순간 약간 겁이 난 저는 속도를 줄였습니다. 이런 데에서 사고라도 나게 되면 큰일이다 싶었습니다. 속도를 어느 정도 줄이고 달릴 즈음 길 양옆에 있던 무덤 위의 불빛 하나가 갑자기 도로 안쪽으로 휙 하며 날아드는 것을 본 저는 어이쿠 하며 급브레이크를 밟았습니다. 가까스로 그 불빛이 뛰어들어온 지점에서 차를 멈춘 저는 어떻게 된 건지 앞쪽을 보려고 고개를 앞으로 빼는 순간, 그만 너무 놀라 꼼짝할 수 없었습니다.

제 차의 해드라이트 불빛을 받아 얼굴이 반쯤 가려지고 하얀 누더기 옷을 걸친 웬 할머니가 제 차 앞을 가로막고 서서 인상을 쓰고 계셨기 때문입니다. 저는 정신을 가다듬으려고 정신을 집중하고 있는데, 그 할머니는 제 차의 조수석 쪽으로 오더니, 갑자기 차 문을 두드리는 것이었습니다.

"문 열어! 문 열어! 문 열어! 문 열어! 문 열어! 문 열어!!!"

할머니는 쉰 목소리로 계속 문을 두드리며 소리를 지르기 시작했습니다. 차창으로 비치는 할머니의 얼굴은 핏기가 하나도 없고 흙이 덕지덕지 묻어 있었습니다. 너무나 무서운 나머지 저는 액셀을 밟고 차를 출발시켜 버렸습니다. 차가 앞으로 급출발하자 할머니가 차에서 튕겨져 나가는 소리가 들렸습니다. 순간 다친 것이 아닌지 걱정이 된 저는 백미러를 통해 할머니 쪽을 확인해 보았습니다.

그랬더니 그 할머니는 태연하게 뒷짐을 지고는 길 가의 한 무덤 속으로 막 들어서고 있었습니다. 그리고 뒷짐을 진 손에는 커다란 낫이 달빛을 받아 번쩍! 하고 빛을 발하고 있었습니다.

그 이후 제가 어떻게 큰아버지 댁에 도착했는지 모릅니다. 큰아버지 댁에 도착하니, 몸은 온통 땀으로 젖어 있었고, 차의 앞 범퍼는 깨져 있었으며, 조수석 쪽 창문에는 흙이 묻어 있었으며, 문짝에는 낫으로 긁힌 듯한 자국이 깊게 패여 있었습니다.

저를 본 다른 친척 분들은 무슨 일이냐며 난리가 났고, 제가 자초지종을 이야기하자, 큰아버지께서 이렇게 말씀하시는 것이었습니다.

"아니, 그 길로 올 거면 나한테 미리 이야기를 하지 그랬냐. 아, 그 길이 낮에는 괜찮은데, 밤 9시만 넘으면 이상한 사고가 난다고 해서 그 시간에는 차가 아예 다니지를 않는단 말여. 참말로 이상한 일도 다 있네 그랴. 아, 허긴 뭐 그 산이 원래 공동묘지 아니었냐. 그것이 마을 주민들이 그렇게 반대혔는디도, 기어코 길을 뚫어 원성을 사더니만, 내 이럴 줄 알았다니께."

제가 이 이야기를 여기에서 들려 드리는 것은 가급적 새로 난 길로는 밤늦게 다니지 마시기를 권해 드리고 싶었기 때문입니다. 특히 산을 깎아 만든 길은 더욱 조심해야 하는 건 두 말할 필요도 없겠지요.

제26화
파란불

여러분은 도깨비를 믿으십니까?

어릴 적 도깨비와 관련된 이야기를 많이 듣지 않
았습니까? 도깨비 중에는 가난한 사람에게 금덩어리를 가져다
주는 착한 도깨비도 있지만, 마을 사람들을 괴롭히기만 하는 마
음씨 나쁜 도깨비도 있어서 사람에게 해코지를 한다고 했던 것
기억나지 않으세요? 우리 외할아버지만 해도 술을 마시고 밤늦
게 집으로 돌아오는 길에 도깨비를 만나 밤새도록 씨름을 했는
데, 아침에 깨어나 보니 온몸이 멍투성이가 되어 있고, 온통 흙
탕물이 튀겨 있었다는 이야기를 들은 적도 있습니다. 외할아버
지 말씀에 따르면 날이 새기 전까지 씨름을 해서 도깨비한테 진
다면 목숨을 내놓아야 한답니다.

그런데 요즘은 도시가 많이 발달해서 그런지 도깨비 이야기
가 별로 없습니다. 아마도 도깨비는 도시를 싫어하나 봅니다.

우리는 도깨비 이야기를 들을 때면, 우리를 재미있게 해 주려는 이야기쯤으로 생각했죠. 하지만 사실 도깨비는 진짜 있는 것 같습니다. 특히 착한 도깨비는 잘 모르겠지만, 나쁜 도깨비는 확실하게 있는 것 같습니다. 제가 이런 말씀을 드리는 것은 좀처럼 거짓말을 하지 않는 바로 제 동생이 직접 경험한 이야기 때문입니다.

제 동생이 군대 일병 때 일이었다고 합니다. 동생은 동두천 서부전선 철책 바로 밑의 전방 지원 포대에서 복무했는데, 어느 날 밤 선임병장과 함께 위병근무를 나갔다고 합니다. 어찌나 무더웠던지 한낮의 열기가 밤새도록 식지 않아, 등줄기가 후줄근하게 땀에 젖을 만큼 더웠다고 합니다. 당시 선임은 위병소 안에서 졸고 있었고 동생은 위병소 밖 정문 앞에서 휑하니 트여 있는 부대 앞 진입로를 주시하고 있었습니다.

새벽 1시쯤 되었을까요? 갑자기 진입로 양 옆에 있는 논에서 탁구공만한 파란불이 물고기가 춤추듯 왔다 갔다 하더랍니다. 그 모습이 너무 신기했던 동생은 '저게 뭐지?' 하고 바라보고 있는데, 갑자기 그 불빛이 논 속에서 솟아오르더니, 벼 사이를 마구 휘저으며 돌아다니기 시작했다고 합니다. 그리고 그 파란불이 지나간 자리의 벼들이 쓰러지기 시작했습니다. 그 광경을 본 동생은 호기심이 생겨 그 광경을 계속 보고만 있었다고 합니다. 그러자 그 파란불은 논에서 나와 풀밭 위를 휘젓고 다니기 시작했답니다. 그러자 풀 속에서 무언가가 일제히 날아오르거나 뛰어올랐는데, 바로 풀벌레들이었던 겁니다. 동생은 풀벌레들이 그렇게나 많은 줄 그 때 처음 알았다고 합니다.

바로 그 때 동생은 이 상황이 그저 바라만 보고 있을 상황이 아니란 걸 깨닫고, 위병소에서 자고 있는 선임병장을 깨웠답니다.

"병장님! 좀 이상한 일이 있습니다."

선임이 졸린 눈을 비비며 짜증 섞인 목소리로 대답합니다.

"뭐야? 일직사관이라도 나왔어?"

"그게 아니고, 아까 전부터 논두렁에서 파란 불이 왔다 갔다 하더니 지금은 아예 논 밖으로 나와서 돌아다닙니다. 이걸 어떻게 해야 할지 모르겠습니다. 저기 좀 보십시오."

그러면서 동생은 그 불빛을 확인하느라 위병소 밖으로 나왔고, 잠시 후 '후다닥' 소리와 함께 누군가 달려가는 소리가 들리더랍니다. 동생이 깜짝 놀라 뒤돌아서 보니 같이 근무 서던 선임이 뒤도 안 돌아보고 중대본부 쪽으로 뛰기 시작하더랍니다. 그리고는 어안이 벙벙해서 어쩔 줄 모르고 서 있던 동생을 향해 이렇게 소리를 질렀다고 합니다.

"뭐해? 빨리 안 뛰어!!!"

처음에는 하늘 같은 고참이 한 말이라서 별로 절박하지도 않
은 마음으로 뛰기 시작했던 동생이었지만, 불과 몇 초 지나지
않아 살기 위해서 죽어라고 뛰지 않으면 안 되었다고 합니다.
그것은 동생이 본부 쪽으로 달리기 시작하자마자 뒤에서 들려
오던 소리 때문이었답니다.

"네 이놈! 거기 서라~~! 이놈들~~ 니들이 뛰면 내가 못 잡
을까봐~~!!!"

그것은 귀가 떨어져나갈 것 같은 큰 소리였는데, 마치 다른
사람에게는 들리지 않게 동생의 귀에만 들리도록 귀 가까이에
서 소리치는 느낌이었다고 합니다. 뒤를 돌아보니 조금 전까지
만 해도 탁구공 크기만 하던 불빛이 이제는 야구공만큼 커져서
동생을 쫓아오더랍니다. 파란 불빛 주위로 붉은 빛까지 내뿜으
면서 말입니다. 아직 거리가 있었는데도,

"네 이놈! 거기 서라~~! 내가 못 잡을 것 같으냐~~! 잡
히면 이 불로 새까맣게 태워 버릴 테다, 이 놈!!"

하면서 지르는 소리는 마치 귓가에 대고 하는 소리처럼,
귀에 그 파란불의 입이 바짝 다가와 있는 것처럼 느껴지
더랍니다.

동생은 귓가에서 소리 지르는 그 파란불의 입을 떼어내기라

도 하듯 손으로 귀를 훑어내며 앞서가는 선임병장 뒤를 죽어라
고 달렸다고 합니다. 위병소에서 중대본부까지 대략 200m 정
도 되는데, 동생이 느끼기에는 2km도 넘는 것 같았다고 합니다.
달릴수록 파란불과 동생 사이의 거리가 점점 좁혀지자, 동생은
금방이라도 몸이 새까맣게 타는 게 아닌가 하는 마음에 숨 쉴
겨를도 없이 본부를 향해 달렸습니다.

5미터, 4미터, 3미터……

이제 조금만 있으면 동생은 파란불에게 잡혀 몸뚱아리가 새
까맣게 타서 죽임을 당할지도 모르는 상황이 되었습니다.

2미터, 1미터……

이제 마지막 한 걸음이면 동생은 꼼짝없이 파란불에 잡히게
될 처리에 놓이고 말았습니다. 그리고 막 파란불이 동생의 등을
덮치려 할 때, 중대본부 건물 외곽에 달려 있는 전등들이 일제
히 켜지면서 건물 안에서 팬티만 입은 병사들이 뛰쳐나왔습니다.
그리고 불이 켜지자, 금방이라도 동생을 덮칠 것 같던 파란불은
전등불이 미치지 않는 곳으로 물러나 있더랍니다. 하지만 동생
의 귀에는 그 파란불이 말하는 소리가 계속 들리더랍니다.

"네 이놈 다음번에는 정말 가만 두지 않겠다, 이놈!!!"

내무반으로 돌아오자 파란불의 목소리도 들리지 않게 되었답

니다. 하지만 동생은 그 충격으로 인해 정신이 반쯤 나간 상태가 되었고, 약 열흘 동안이나 정신치료를 받았다고 합니다. 다행이 큰 후유증 없이 동생은 군생활에 복귀하게 되었고, 나중에 고참이 들려준 이야기에 따르면, 그 파란불은 한밤의 기온이 28도 이상 유지되는 밤이면 가끔씩 나타난답니다. 그렇다고 항상 그러는 것도 아니어서 사실은 1년에 한 번 나타날까 말까 한다는 것이었습니다. 그런데 이상한 것은 전등불을 대낮처럼 밝히면 근처에 얼씬도 못한다는 겁니다. 그래서 등화관제가 엄격한 전방부대지만, 파란불이 나타났을 때는 예외적으로 온 부대를 대낮처럼 밝힌다는군요. 사실 파란불이 나타났을 때 피하지 않고 그 자리에 그냥 있으면 어떻게 되는지 아무도 모른다고 합니다. 아직 그 파란불에 당한 기록이 없다니까요.

그 후, 제 동생이 제대하기 전에 파란 불을 한 번 더 보았다고 합니다. 그 때는 말년 병장이었던 터라, 전에 선임이 했던 것처럼 먼저 후다닥 뛰어나가 후임에게 한 마디 했다고 합니다.

"뭐해? 빨리 안 뛰어!!!"

제27화

고시원의 비밀

저는 지금 대학을 들어가기 위해 준비 중인 삼수생입니다. 웬만하면 실력에 맞는 대학에 들어가지 무슨 삼수까지 하느냐구요? 예, 맞는 말씀입니다. 하지만 왜 이런 말 있잖습니다. 서울대학교에 들어가려면 재수는 필수 삼수는 선택이라구요.

예, 그렇습니다. 이래봬도 서울대학교를 들어가기 위해, 주위 사람들의 눈치를 보면서 삼수를 하고 있습니다. 하지만 저에게 아무 일도 없었다면 아마도 작년에 재수를 끝으로 분명 서울대학교에 들어갔을 겁니다. 빌어먹을 그 고시원만 아니었으면 말입니다.

고등학교를 졸업하고 대학교에 들어가지 못하자, 동네 어르신들은 은근히 뒤에서 쑥떡거리기 시작했습니다. 상황이 이렇고 보니 재수 준비를 집에서 하기가 여간 불편한 게 아니었습니다. 그래서 부모님께는 죄송하지만, 마을을 떠나서 공부하겠다고 말씀드리고는 서울로 오게 되었습니다. 그리고 기왕 공부를 할 거면 서울대 근처에서 공부를 해야겠다는 생각에 신림동을 뒤져본 결과, 공부하기에 딱 좋을 것 같은 고시원을 발견했습니다.

도로나 주택 밀집지역에 있지 않고 관악산과 거의 붙어 있는 그 고시원은 교통편은 다소 불편하지만, 조용하고 공기도 맑아서 공부하기에는 제격이었습니다. 입실을 하려고 물어보니, 창문이 있는 방과 없는 방이 있는데, 가격 차이가 좀 있더군요. 그래서 조금이라도 싼 창문이 없는 방을 선택했습니다. 그런데 한 달 동안 창문이 없는 방에서 지내다 보니 답답한 느낌이 들고 몸도 더 피곤해지는 것 같아서 결국 한 달 만에 창문이 있는 방으로 옮겨 달라고 했습니다. 그랬더니 창문이 있는 방은 다 나가고 없다는 것이었습니다. 그래서 저는 다른 고시원을 찾아보기로 했습니다. 그런데 다른 곳으로 가려면 도로나 주택 밀집지역으로 옮기지 않으면 그런 방을 구하기가 힘들었습니다. 일단 하루 생각해 보면서 결정하기로 하고 돌아오니, 고시원 주인이 마침 방이 하나 비었으니 그리로 들어가라고 했습니다.

아침에만 해도 없다던 방이 저녁이 되자 금방 생긴 것입니다. 운이 좋았다고 생각한 저는 얼른 방을 옮기고 정리를 마쳤습니다. 창문이 있는 방은 정말 좋았습니다. 관악산 자락의 신록이 창문을 통해 보였습니다. 나름대로 방을 옮긴 신고식을 치른다며, 그날 저녁에는 이 고시원에 들어와서 사귄 친구와 제육볶음에 소주를 곁들여 먹었습니다. 한 병을 나누어 마셨는데, 몇 번 마셔 보지 않은 술이라서 그런지 금새 기분이 알딸딸해졌습니다. 친구와 헤어져 내 방에 들어온 저는 침대에 누워 창밖을 바라보았습니다. 자그마한 창문 반쯤은 하늘이 보이고 나머지 반쯤은 나뭇가지가 보였습니다. 그 분위기가 정말 좋았습니다.

그러다가 문득 시계를 보니 벌써 12시를 넘어서고 있었습니다. 창문 밖도 멀리서 오는 불빛에 거기에 창문이 있다는 사실만을 알려 주려는 듯 어슴프레하게 윤곽만 보였습니다. 그냥 자야겠다고 생각한 저는 침대에 누웠습니다. 그리고 눈을 감았습니다. 저는 원래 베개에 귀만 떨어지면 잠이 드는 체질입니다. 그런데 그 날은 이상하게 잠이 오지 않았습니다. 한참을 뒤척이다가 살짝 잠이 들었을 때였습니다. 왠지 모르게 싸늘한 느낌이 온몸을 훑고 지나가는 것이 느껴졌습니다. 그것 때문에 반쯤 들었던 잠이 싹 달아나 버렸습니다.

"왜 이렇게 잠이 안 오지?"

이렇게 나직하게 혼잣말을 하면서 다시 눈을 감았습니다. 그랬더니 이번에는 뭔가가 눈 앞으로 휙 지나가는 느낌이 들었습니다. '뭐지?' 하는 의문과 함께 정체를 알 수 없는 공포감이 온몸을 휘감았습니다. 태어나서 처음 느껴보는 그 공포감은 느낌이 정말 이상했습니다. 혼자 있는데, 마치 누가 옆에 있는 것

같은 느낌.　　　　　　　그리고　　누군가
가 싸늘한　　　　　　　입바람을 내 몸을
향해 내뿜고　　　　　　있는 듯한 느낌. 그
리고 누군가　　　　　　가 나를 정면으로
노려보는 느낌.　　　　콧등이 시큰거리며
노려보는 누군가의　　　눈길이 느껴졌습
니다.

저는 그 이상한 공포　　감 때문에 눈을 뜰
수가 없었습니다. 만약　눈을 뜨면 바로 앞
에 누가 험악한 얼굴로 '으　악!' 하며 달려들
것 같았기 때문입니다.

얼마 동안이나 그러고 있었을　까요? 저는 도저히
참지 못하고 눈을 아주 가늘게　떠서 혹시 뭐가 있
는지 살펴보기로 했습니다. 누　가 봐도 눈을 뜬 건
지 감은 건지 잘 모를 정도로 가　늘게 눈을 떠 보았
습니다. 그랬더니 아무도 보　이지 않았습니다.
'휴우~!' 다행이다 싶어서 눈　을 완전히 뜨고 물이
나 먹으려고 몸을 일으켰습니　다. 그리고 침대에서
한 발을 내려놓으며 창문을 본 순간, 저는 비명을 지르면서 방
을 뛰쳐나갔습니다. 그것은 창문 밖에 여자의 뒷모습이 보였기
때문입니다.

사실 제 방이 있는 곳은 3층이었습니다. 창문이 없는 방은 1층이었지만, 창문이 있는 방은 3층이었습니다. 1층이라면 창문 밖에 여자의 뒷모습이 있다고 해서 이상할 것은 하나도 없습니다. 하지만 3층이라면 이야기가 달라집니다. 누가 옥상에서 목을 매달았다든지 아니면 공중에 둥둥 떠 있든지 둘 중에 하나입니다. 그리고 그 여자는 분명히 머리 뒤를 나에게 향하고 있었는데도, 왜 그런지 저는 그 여자가 저를 노려보고 있다는 느낌을 받았습니다. 더욱 이상한 것은 그 여자의 뒷모습을 본 것은 아주 짧은 순간이었는데, 그 짧은 순간에 목을 매단 건지 둥둥 떠 있는 건지, 또한 그것이 여자의 뒷모습이며, 그 여자가 저를 노려보고 있다는 느낌을 받았고, 도망치지 않으면 큰일 나겠다는 생각을 했다는 사실입니다.

비명을 지르며 복도를 지나 고시원 총무실로 달려가서 총무한테 누가 창 밖에서 목을 매단 것 같으니 119를 불러야 한다고 난리를 피웠습니다. 하지만 총무와 함께 제 방으로 달려가자 창 밖에는 아무도 없었습니다. 정말 이상한 일이었습니다. 제가 헛것을 본 걸까요? 그 날 밤은 그 이후로 여자의 뒷모습이 창문 밖에 나타나지 않았지만, 저는 잠을 한 숨도 잘 수 없었습니다. 방 안에 불을 켜 놓고 창문만 바라보면서 밤을 새웠습니다.

그렇게 밤새도록 창문 밖에 아무 것도 보이지 않자, 저는 술기운에 뭘 잘못 봤나 하는 생각을 하게 되었습니다. 다음날 학원에 갔다가 오랜만에 도서관에 가서 공부를 하자는 친구의 말에 도서관에서 늦게까지 공부를 하고 고시원에 돌아왔습니다. 고시원에 돌아왔을 때는 몹시 피곤한 상태가 되어서 잠이 쏟아지듯 와서 바로 잠자리에 들었습니다. 그런데 새벽에 잠깐 잠이 깬 사이에 물이나 한 모금 마시려고 몸을 일으키는 순간, 창문 밖에 또 그 여자의 뒷모습이 보이는 것이었습니다. 저는 잊고 있던 공포가 다시금 온몸을 휘감으면서 몸을 움직일 수 없었습니다.

노려보는 여자의 눈빛이 느껴지고 바로 코앞에다 대고 불어대는 싸늘한 입김을 느꼈으며, 왠지 모를 한기가 온몸을 구석구석 감싸는 걸 느꼈습니다. 그리고는 아주 슬픈 목소리가 내 귀에 들이는 것 같았습니다.

"내~ 방이야~, 나가 줘~."

"내~ 방이야~, 나가 줘~."

"내~ 방이야~, 나가 줘~."

그 소리는 직접 들리는 것은 아니었지만, 내 귀 속에서 울리는 그런 느낌이었습니다. 저는 눈을 꼭 감고 제발 아무 일이 없기만을 빌면서 꼼짝 않고 침대에 누워 있었습니다. 그러자 그 슬픈 목소리는 그렇게 몇 번을 말하는 것 같더니 이내 조용해졌습니다. 한기도 사라진 것 같고, 입김의 느낌도 들지 않았습니다. 그래서 저는 눈을 살짝 뜨고는 창문 쪽을 바라보았습니다. 그리고 거기에는 아무도 없었습니다. 그것을 확인한 저는 온몸에서 힘을 쪽 빼면서 그대로 쓰러지고 말았습니다.

저는 다음날 아침 일어나자마자 짐을 꾸리고는 다른 고시원으로 옮겼습니다. 저는 고시원을 옮기고도 그 고시원의 그 방에 무슨 사연이 있는 게 틀림없다는 생각을 떨쳐 버릴 수 없었습니다. 그리고 한 동안 그 여자의 뒷모습이 자꾸만 생각나서 밤에 혼자 있기가 힘들어졌습니다. 저는 잠시 고향 집에 갔고 저의 재수 생활은 엉망진창이 되었습니다. 물론 두 달쯤 지나자 저는 완전히 회복이 되었지만, 시험 준비를 하기에는 이미 늦어 있었습니다. 그래서 저는 지금 어쩔 수 없이 삼수를 하고 있습니다. 나름대로 잘 준비했고, 자신도 있습니다. 하지만 가끔 생각나는 3층 창문 밖에 비친 그 여자의 뒷모습은 잊을 수가 없습니다.

제28화

누군가 당신을
보고 있다면(1)

손님이 들지 않는 가게는 정말 지루하기 짝이 없습니다. 아~, 물론 손님이 너무 많아 짜증나는 것보다는 훨씬 낫지만 말입니다.

저요? 저는 가게 주인이 아니고 편의점 아르바이트생입니다. 지금 제가 알바를 하고 있는 편의점은 최신식건물의 지하에 있는 것으로 근무환경이 아주 좋습니다. 저는 이곳을 찾는 데에 많은 애를 먹었는데요, 그것은 전에 제가 알바를 하던 편의점에서 아주 꺼림칙한 경험을 했기 때문입니다.

이전에 저는 집 근처에 있는 한양대학교 앞 편의점에서 알바를 하게 되었습니다. 제가 근무하는 편의점은 신소재공학관 지하층에 있는데, 비가 내리기 시작하면 주위가 순식간에 어두워집니다.

그 날은 마침 비가 너무 많이 내리는 바람에 살곶이다리가 물에 잠겨 통행이 금지되어 버렸습니다. 사실 평소에도 그렇게 손님이 많지 않던 편의점은 비 때문에 더더욱 손님의 발길이 끊겨 저는 무료한 시간을 죽이고 있었습니다. 청소도 끝나고, 진열대 정리는 할 필요도 없고, 습도가 높은 날씨 때문에 몸이 꾸물꾸물해서 편하게 책을 읽고 있을 수도 없고 해서 그저 무료하게 앉아 있을 따름이었습니다.

그런데 어느 순간부터 누군가가 나를 쳐다보는 것 같은 느낌이 들기 시작했습니다. 처음에는 감시 카메라 때문에 그런가 생각했는데, 그쪽에서 오는 느낌이 아니라 전혀 다른 방향에서 오는 시선 같았습니다. 주위는 점점 어두워지고, 왠지 짜증이 더 나기 시작했으며, 저는 가게 안을 서성이며 시간을 보냈습니다.

누가 나를 보고 있다는 그 느낌은 왠지 음산한 기운마저 있어서 참아내기가 매우 어려웠습니다. 저는 이런 기묘한 분위기에서 벗어나기 위해 퇴근시간만을 기다렸습니다. 그런데 퇴근시간 5분 전에 매장으로 다음 파트 근무자에게서 전화가 왔습니다.

"저, 한양대 후문으로 오는데 물이 넘쳐서 통행금지래요, 그래서 30분 정도 늦을 것 같은데……."

왜 하필 안 좋은 일은 겹쳐서 일어나는 걸까? 저는 최악의 절망을 했지만, 별다른 약속도 없어서 기다려 주기로 했습니다.

그리고 마지막 30분을 보내기 위해 마지막으로 점포 안을 천천히 돌아보고 있을 때였습니다. 점포 안쪽 진열대에서 점포 바깥쪽 진열대로 눈길을 돌리는 순간, 점포 밖 길 건너편에 있는 무인점포와 음료수 자판기 사이에 무엇인가 동그란 것이 끼어 있었고, 기분 나쁜 시선은 그쪽에서 오는 것 같은 느낌을 받았습니다.

그래서 저는 얼른 몸을 낮추고 조심조심 그쪽을 주의 깊게 살피기 시작했습니다. 처음에는 잘 보이지 않았지만, 점점 신경을 집중시키자, 그 동그란 것은 검은 머리를 늘어뜨린 여자의 얼굴이었습니다.

저는 소스라치게 놀라 가슴이 두근두근거리면서 금방이라도 그 여자가 눈을 부릅뜨고 저에게 달려올 것만 같은 생각이 들었습니다. 저는 시선을 거두어들인 한편, 그 여자의 시선 이 닿지 않는 음료수 냉장고 쪽으로 자리를 옮겨 꼼 짝도 하지 않고 있었습니다. 그런데……, 자리를 옮긴 지 불과 30초도 지나지 않아서……,

"딸랑 딸랑딸랑!!!"

점포 문을 열 때 나는 딸랑이가 난폭하게 울려댔습니다.

'드디어 올 것이 오고야 말았구나!'

저는 눈을 꼭 감고 그 자리에서 꼼짝하지 않았습니다. 마치 아무 것도 본 것이 없는 것처럼 말입니다. 하지만 점포 안의 공기는 온몸으로 느낄 수 있었습니다. 사뿐 사뿐 나에게 다가오는 발소리……

그 발소리는 어느 새 제 앞에 와서 서 있는 것 같았습니다. 그것은 직감으로 알 수 있었습니다. 그리고 양팔을 들어올리는 소리도……. 순간, 저는 금방이라도 기절을 할 것만 같았습니다. 하지만 제 몸은 움직일 수조차 없었습니다.

"여기서 왜 이러고 있어요?"

저는 그만 심장이 멎는 줄 알았습니다. 그런데 그 목소리의 주인공은 다행히도 다음 근무자였습니다.

'오! 신이시여!'

저는 부랴부랴 인수인계를 하고 가게를 나와, 뒤도 돌아보지 않고 뛰었습니다. 그리고 두 번 다시 그 근처는 얼씬도 하지 않게 되었습니다.

제29화

누군가 당신을
보고 있다면(2)

지난 번 사건 이후, 저는 바깥 풍경이 보이지 않는 밀폐된 공간에 있는 편의점을 선택해 알바를 하기로 마음먹었고 다행히 그런 장소를 찾아 알바를 하게 되었습니다. 그리고 웬만하면 혼자서 근무하지 않는 곳이기를 바랐지만, 그것까지는 뜻대로 되지 않았습니다.

제가 다음으로 찾은 편의점은 고급스런 건물의 지하 아케이드에 있는 편의점이었습니다. 음식점, 문구점, 커피숍 등이 모여 있는 곳이라서 바로 눈만 돌리면 다른 가게 알바나 주인들과 눈을 마주칠 수 있어, 눈인사라도 나누면 지루하지 않아 좋았습니다.

편의점에 나가고 처음 맞는 토요일 오후. 그 날은 아침부터 비가 내렸습니다. 오후 2시에 앞 근무자와 교대를 하기 위해 집을 나서서 편의점이 있는 건물에 도착해 지하로 내려가니, 다른 때와는 분위기가 조금 달랐습니다. 문을 닫은 가게도 많고, 사람의 발길도 뜸하고……. 편의점에 들어가 앞 근무자에게 물었습니다.

"오늘은 왜 이렇게 썰렁하죠?"

"아, 요즘 주5일제 근무라, 이 빌딩엔 근무하는 사무실이 거의 없어요."

저는 지금까지 대학 주변이나 번화가에 있는 편의점에서만 일을 해서 그런지, 이런 곳의 편의점에 토요일, 일요일에는 손님이 없다는 것을 그 때야 알았습니다.

앞 근무자가 돌아가고 혼자 남게 되자, 비 때문에 습해진 기운이 지하까지 밀려들어서는 끈적끈적하고 우중충한 분위기가 영 마음에 들지 않았습니다. 점포 안을 대강 훑어보니, 담배 진열대에 빈 공간이 많았습니다. 그래서 담배나 채워 넣기로 하고, 우선 창고에서 '레종' 네 보루를 꺼내와 진열하고 있습니다. 담배 진열대를 보면 담배가 위에 있고, 밑엔 담배 이름과 가격이 적혀 있는 투명 아크릴판이 있습니다. 약간의 색을 넣어서 하얀 색으로 만들지만, 대개는 희미하나마 거울 대용으로도 사용할 수 있을 만큼 앞에 있는 사물이 잘 보입니다. 물론 거울로 사용하려면 담배 진열대가 조금 높은 위치에 있기 때문에 약간 불편한 점은 있지만 말입니다.

레종을 모두 채워 넣고 다른 담배를 가져오려고 고개를 돌리려는 순간 그 아크릴판에 뭔가가 비치는 것 같은 느낌을 받았습니다. 하지만 몸은 이미 창고 쪽으로 향하고 있었기 때문에 별로 자세히 보지는 못했습니다. 뒤돌아서서 창고로 가, 이번에는 '더 원'을 세 보루 가져와 진열대에 채워 넣고 있었습니다. 그런데 아크릴판에 뭔가가 비쳤습니다.

'손님인가?'

진열대에 채워 넣던 담배 한 보루를 들고 천천히 뒤를 돌아봤지만 아무도 없었습니다. 기분이 이상했지만 신경 쓰지 않고 다시 담배를 채워 넣고 있는데, 아크릴판에 아까처럼 어떤 둥근 물체가 비쳤습니다. 그리고 그것은 처음 보았을 때보다 거리가 가까워져 있었습니다. 웬지 조금씩 이쪽으로 다가오고 있는 것 같았습니다. 점점 더 가까이……

저도 모르게 등줄기가 후끈 달아오르면서 식은땀이 한 줄기 주르르 흘러내렸습니다. 하지만 정신을 놓아선 안 된다는 생각에, 신경을 곤두세우고 휙! 뒤를 돌아보았습니다.

하지만 제 뒤에는 아무 것도 없었습니다. 가게 문이 열려 있는 맞은편 문구점을 보니, 그 곳 점원이 눈웃음으로 인사를 대신합니다. 저는 어색한 표정으로 맞인사를 하고는 안심이 되어 다시 담배를 채워 넣으려고 진열대로 뒤돌아섰습니다.

바로 그 때! 아크릴에 비친 그 물체를 보고 저는 몸이 굳고 말았습니다.

어느 새 바로 제 머리 위에 와 있는 그것은 바로 그녀였습니다.

무인점포와 자판기 사이에 끼어서 나를 노려보던 그녀의 머리가 바로 제 머리 위에서 절 쳐다보고 있었던 것입니다. 제가 바라보는 담배 진열대 높이만큼 공중에 뜬 채로……

저는 기겁을 하고 맞은편 문구점으로 달려갔고, 그 이후로 편의점 알바는 일절 사절하고 있습니다.

제30화
구슬공장

약 10년 전, 제가 아직 초등학생 때 이야기입니다.

우리집은 맞벌이 가정이었는데, 회사원으로 승승장구하시던 어머니께서 IMF에 해고당하시고 한창 우울하셨습니다. 그러다가 어머니께서 친정 부모님이 보고 싶었던지 시골에 계시는 외할머니 댁에 며칠 다녀오자고 하셨습니다.

그래서 외할머니 댁에 가기 전에 미리 저는 외할머니 댁에 전화해서 며칠 간 놀러 갈 것이라고 말씀을 드렸는데 외할머니께서 큰 소리로 호통을 치시는 것이었습니다.

"안돼! 나, 나중에 와, 나중에!"

저는 투정을 부리다가 어머니께 전화를 넘겨드렸고, 어머니와 외할머니는 한참 동안 입씨름을 벌이시더니 우격다짐으로 가기로 했습니다.

외할머니가 계시는 시골에는 구슬공장이 있었습니다. 한낮에 봐도 시커먼 내부에서 들려오는 카강! 카강! 날카로운 쇳소리가 금방이라도 저를 잡아먹을 듯 무서워서 웬만해서는 쳐다보지도 않는 곳이었습니다. 다만 공장 뒤에는 유기장이 있었는데, 그곳은 불량 구슬들을 내다버리는 곳 같았습니다. 대부분 파란색으로 크기도 천차만별에 금이 간 것도 있고 모가 난 것도 있었는데, 저는 왠지 동그란 구슬들보다 불량 구슬들이 더 좋았습니다. 때때로 용기를 내서 재빨리 마음에 드는 불량 구슬들만 골라서 가져 올 때도 있었지만 그건 정말 가끔이었습니다.

외할머니 댁에 도착하고 나서 문득 구슬 생각이 났습니다. 토요일이라서 공장에 아무도 없을 거라 생각해, 구슬들을 가지러 몰래 할머니 댁을 나왔습니다.

예상대로였습니다. 토요일이라 공장에는 아무도 없는지 기계 돌아가는 소리도 전혀 나지 않았습니다. 공장 둘레를 살펴 상태가 좋지 않은 울타리를 넘으니 평생 모아도 못 모을 정도의 구슬들이 쌓여 있었습니다. 이미 공장으로 오는 동안 날이 조금씩 흐려지고 있었고 유기장에 도착했을 즈음에는 큼직큼직한 구름들이 햇빛을 가리고 있어서, 저는 다급하게 불량 구슬들을 헤쳤습니다. 20분 넘도록 찾았지만 결국 제 마음에 드는 것은 하나도 찾지 못했고, 날도 으슥해져서 저는 얼른 돌아가야겠다고 생각했습니다.

그런데 공장을 반쯤 돌았을 때, 갑자기 공장에서 "콰앙!" 하는 소리가 났습니다. 저는 화들짝 놀라 뒤로 자빠지면서 엉덩방아를 찧었는데, 기계가 작동하기 시작할 때 나는 '위이이잉' 소리가 나더니 이윽고 그 소름 끼치는 묵직한 쇳소리가 거인이라도 다가오는 소리처럼 또렷하게 들렸습니다.

저는 덜덜 떨리는 다리를 재촉하면서 반은 뛰고 반은 기면서 공장을 빠져나가고 있었는데, 공장을 다 돌아 입구를 지나칠 때, 뭔가 제 발목을 덥석 잡는 것이었습니다.

"나 좀 살려 줘……, 나 좀 살려 줘……."

제 뒤에서 계집아이 신음소리가 들렸고 제 발목을 잡은 그것은 점점 억세게 조여 왔습니다. 제가 정신없이 안간힘을 쓰며 거친 돌바닥을 긁어대며 발버둥을 치자, 발목을 끊어버릴 듯 조여 오던 그것은 제 슬리퍼만 가져가고 저를 놓쳤습니다.

저는 힘이 다 빠져 울면서 집으로 돌아왔는데, 흙투성이가 된 저를 보신 외할머니와 어머니는 기겁을 하시며 저를 닦아주셨습니다. 두 분이 기겁을 하신 이유는 제가 흙투성이여서가 아니라, 제 발목에 피투성이 손으로 잡은 듯한 자국들이 남아 있기 때문이었습니다. 외할머니께선 저에게 무슨 일이 있었는지 물으셨고 저는 구슬공장에 갔던 이야기를 했습니다.

마을에 있던 구슬공장은 세워진 지 몇 년 안 된 공장이었다고 합니다. 아이들을 겨냥한 그 제품 덕에 성장을 거듭하고 있었는데, IMF 이후로 나날이 실적이 나빠졌답니다. 게다가 공장을 운영하는 공장장에게 늦둥이 딸이 하나 있었는데, 공장에서 놀다가 그만 유리를 절단하는 기계에 끼여 온몸이 조각조각 나 죽었다고 합니다. 공장장은 슬픔에 빠져 자살했고 그 후 공장은 문을 닫았다고 합니다. 즉 토요일이라서 공장이 쉬는 것이 아니었던 것입니다.

그 후로 동네 아이들이 구슬을 주우러 공장에 갔다가는 큰 상처를 입고 돌아오거나 피투성이가 되어 돌아오기 일쑤였고, 그런 사정을 모르는 외지인이 이상하게 여겨 잠깐만이라도 공장 근처에 발길을 들였다가 호되게 당하고 돌아가는 일이 자주 있었다고 합니다. 동네 사람들은 공장장의 원혼이 망해버린 공장 주위를 맴돌며 공장에 몰래 들어오는 사람들에게 못된 짓을 한다느니, 공장장의 딸이 구슬을 가져가려는 아이들만 골라서 골탕을 먹인다고 믿고 있다고 합니다. 그래서 동네에서는 그 공장 근처에 얼씬하지 못하게 한답니다. 외할머니 댁에 자주 들르지 않아 그런 사실을 잘 몰랐던 저는 정말 용감하게도(?) 스스로 무덤을 파는 일을 저지를 뻔한 겁니다.

제31화
검은 고양이

저희 집에선 턱시도 고양이 한 마리를 키웠습니다.(턱시도 고양이란 전신이 검은데, 가슴 부분이 하얀 고양이를 말합니다)

1.

고양이 이름은 나비. 사람을 무척이나 잘 따르던 녀석이었습니다. 그런데 우리 나비가 어느 날부터 집에 들어오지 않았습니다. 산책을 하더라도 집에 꼬박꼬박 들어오던 녀석이었는데, 혹시라도 안 좋은 일이 생긴 건지 걱정됐습니다.

그렇게 일주일이 지나고 나비가 돌아왔는데, 몰골이 처참했습니다. 목엔 빨랫줄이 묶여 있었는데 이걸 끊으려고 얼마나 애를 썼는지 입은 다 헐어 있었고, 누군가에게서 맞았는지 털도 빠지고 상처도 있었습니다.

하지만 며칠 뒤, 너무나도 생각하기 싫은 일이 생겼습니다. 나비가 새벽에 쥐약을 먹고 죽어가고 있었습니다. 어머니께서는 우리 집은 나비 때문에 쥐약 안 쓰는데 얘가 어디서 먹고 왔는지 모르겠다며 안타까워하셨습니다. 결국 나비가 죽고, 저희는 나비를 산에 묻어 주었습니다.

2.

그날부터 이상한 일이 생기기 시작했습니다.

어느 날 우리 집과 옆집 경계인 담벼락 위에서 고양이 울음소리가 났습니다. 저는 불현듯 나비 생각이 나서 바로 달려갔는데, 거기엔 고양이는 없고 잘 구워진 고등어가 살점이 좀 뜯겨진 채 놓여 있었습니다.

그리고 그날 밤, 꿈을 꾸었는데 문 앞에서 나비가 앉아 "야옹~ 야옹~" 하고 울고 있었습니다. 저는 너무 반가워서 맨발로 뛰어 나갔는데 나비가 사라졌다가 대문 앞에 나타났습니다. 제가 다시 대문으로 갔을 때, 나비는 어느 새 담벼락 위에 서 있었습니다. 전 그렇게 나비를 계속 쫓다가 꿈에서 깼는데 순간 놀라지 않을 수 없었습니다.

제가 바로 현관 앞에 있었기 때문입니다. 몽유병이 있는 것도 아닌데 말입니다.

다음 날 학교를 마치고 돌아오는 길에 문득 어젯밤 꿈이 생각나서 나비 무덤을 보려고 산에 올라갔습니다. 그랬더니 이럴 수가!!! 나비의 사체가 무덤 옆 나무에 매달려 있었습니다. 불쌍한 나비. 죽기 전에도 괴롭힘을 당하더니, 죽어서도…….

나비를 사람들이 잘 안 다니는 곳에 묻으면서 문득 어젯밤 꿈에 나비가 나타난 것이 이것 때문인가 싶어 미안하고 슬펐습니다.

3.

나비가 죽고 며칠이 지난 뒤, 온 동네가 술렁거릴 일이 일어났습니다. 옆집 할아버지가 돌아가시고, 할머니가 정신 이상이 되신 것입니다. 나중에 안 사실인데, 아들도 사고로 죽었다고 합니다.

나이에 비해 굉장히 건강하셨던 분들로, 평소 그 집 마당에 공이라도 들어가면 찾아오는 걸 포기해야 할 정도로 성격이 괴팍한 분들이었습니다.

동네 사람들은 안타깝게 여기면서도 고양이 때문이라고 수

근거렸습니다. 평소 할아버지 내외는 몸보신하신다고 고양이를
잡는다는 소문이 있었던 모양입니다.

문득 옆집 담벼락 위에 올려져 있던 고등어가 생각났습니다.
마치 독이 든 사과처럼 먹음직스럽게 구워진 고등어……

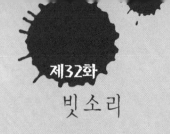

제32화

빗소리

지금 혹시 밖에 비가 내리지 않습니까? 한여름 밤 후덥지근한 어둠 속에 비가 내리고, 눅눅한 공기 때문에 잠자리에 들기 전 잠옷 차림으로 선풍기나 에어컨을 틀어놓고 이 책을 읽고 있다면, 그리고 이 방에 혼자 있다면 당신은 당장 이 방을 나가 거실로 자리를 옮기시기 바랍니다.

왜냐구요? 혹시 제가 겪은 일을 당할지도 모르거든요.

그러니까 작년 여름 어느 무더운 날이었어요. 고3이라는 멍에 때문에 밤늦게까지 공부를 해야 하는 신세였죠. 그 날도 저는 늦은 밤까지 등 뒤에 선풍기를 틀어놓고 책상에 앉아 문제집과 씨름을 하고 있었답니다.

그러나 비가 올 듯 말 듯한 날씨 탓에 공기도 눅눅하고, 괜히 집중도 안 돼서 온갖 잡생각으로 머리만 어지럽더라구요. 그래서 저는 이렇게 공부가 안 되는데, 억지로 책상에 앉아 있을 바에야 일찍 자는 게 낫겠다 싶어서 반쯤 열어 두었던 창문을 활짝 열어 버렸습니다. 더운 여름에는 창문을 열어 두고 자는 버릇이 있거든요.

잠자리에 누웠더니 잠이 소르르 오더라구요. '그래! 이럴 땐 푹 자는 게 최고야.' 하고 생각하며 잠이 거의 들었을 때였습니다. 방금 전까지만 해도 그러지 않았는데, 이상하게도 누군가가 제 귀에 속삭이기라도 하는 것처럼 귓가에서 자꾸 바람소리가 들리는 것이었습니다. 다른 때 같으면 전혀 그런 일이 없었는데 참 이상한 일이었습니다. 바람 소리가 너무나 신경 쓰인 저는 창문을 닫고 선풍기도 끄고 나서야 겨우 잠이 들 수 있었습니다.

얼마를 잤을까요?

"두두두두두두두두두!"

하는 소리에 눈을 떠 보니, 창 밖에 억수 같은 비가 내리고 있더군요. 하지만 이미 잠에 취한 상태이고 빗소리라는 게 확인되었으며, 창문은 아까 닫았으니 아무 이상이 없겠구나 생각한 저는 그대로 잠속으로 빠져들었습니다.

그런데 아침에 일어나 창문을 본 저는 깜짝 놀라고 말았습니다. 유리창 바깥쪽에 선명한 주먹자국이 몇 개 찍혀 있었기 때문입니다.

그러니까 간밤에 제가 들은 그 소리는 빗소리가 아니었던 것입니다. 게다가 제 방 창문은 방 안에서부터 방음창 – 유리창 – 방충망 식으로 되어 있어 주먹자국이 생기려면 바깥에서 방충망부터 열고 두드려야 합니다.

물론 방충망을 열 수는 있다고 쳐도 제 방은 아파트 11층이라 무슨 팔이 닿을 수 있는 곳이 아닙니다. 쥔 손가락 모양까지 너무 선명하게 찍힌 자국에 너무 놀란 저는 그 이후로 군대 간 오빠 방을 이용했습니다.

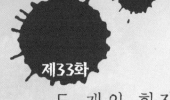

제33화

두 개의 화장실

화장실 하면 어릴 적에 형이나 누나들이 해 준 '빨간 휴지 줄까? 파란 휴지 줄까?' 이야기가 떠오르지 않을 수 없습니다.

요즘 화장실이야 좌변기가 놓여 있어 그런 느낌이 들지는 않지만, 어린 시절 시골에서는 나무판자 두 개만 걸쳐 놓은 화장실이 많았습니다. 어쩌다가 화장지를 미처 챙겨 가지 못했을 때는 정말 화장실 밑에서 귀신 손이 올라와 '빨간 휴지 줄까? 파란 휴지 줄까?' 하고 물어볼 것 같아서 얼마나 고추가 간질간질하고 다리가 후들후들 떨렸는지 모릅니다. 그런 기억은 대학생이 된 지금도 친구들과 시골로 놀러 갔다가 늦은 밤 혼자서 화장실에 갈 때면 살짝 소름이 돋게도 합니다.

제가 이런 이야기를 하는 건, 화장실과 관련된 무서운 이야기를 해 드리려고 그러는 겁니다. 지금이야 이렇게 아무렇지도 않게 화장실 이야기를 하고 있지만, 저는 아직도 시골 화장실을 갈때면 조금씩 겁이 나곤 합니다. 대학생씩이나 되어서 무슨 그런

겁 많은 소리를 하느냐고 놀리시겠지만, 이건 실제로 제 친구와 제가 직접 경험한 일이기 때문에, 정말 믿어도 되는 이야기입니다. 아마 그 때 제 친구가 옆에 없었다면 다들 거짓말이라고 했을지도 모릅니다.

그러니까 딱 1년 전이네요. 중간고사가 끝나고 농촌봉사활동을 갔을 때 이야기입니다.

그날따라 동네에서 조금 멀리 떨어진 논으로 피(어린 벼와 모양은 비슷한데 벼의 성장을 방해하는 풀)를 뽑으러 갔습니다. 해도 뉘엿뉘엿 서산으로 지려 할 즈음, 한창 피를 골라 뽑고 있는데 갑자기 뒤가 마려워졌습니다. 근처를 살펴보니, 사방이 탁 트여 있어서 아무 데서나 일을 볼 수 있는 상황이 아니었습니다. 그런데 근처에 집이 달랑 하나 보이는 것이었습니다. 잘됐다 싶어 그 집을 향해 달렸습니다. 집에 도착하니 마침 마당에 할머니 한 분이 계셨습니다.

"할머니, 죄송하지만 화장실 좀 써도 될까요?"

"아무렴 써도 되고말고. 요 뒤로 돌아가 보슈."

그래서 뒤로 돌아가 보니 흙으로 지은 작은 건물이 있어서, 다가가서 문을 열려다가 그만 두었습니다. 문 위로 나 있는 작고 뿌연 창문에 사람의 머리가 비치고 있었기 때문입니다. '에잇!

그 새 누가 먼저 들어갔구나. 어떤 놈이야?' 하면서 기다리기로 했습니다.

30초……, 1분……, 1분 30초……, 2분……. 시간이 지나는데도 먼저 들어간 사람은 나올 생각을 하지 않는 것이었습니다. 그러다가 저는 이상한 생각이 들기 시작했습니다. 어라? 저 창문에 머리가 비칠 정도면 앉아 있는 게 아니고 서 있는 거라는 얘긴데, 이렇게 오래 걸리나?

그러는 사이에 친구 한 놈이 제가 있는 곳으로 다가왔습니다.

"어? 먼저 와 있었네!"

"으응……, 근데, 누가 들어갔는데 안…… 나와서 말야……."

저는 금방이라도 뒤가 나올 것 같아 견딜 수가 없어서 그냥 확 문을 열기 위해 문고리로 손을 가져갔습니다.

바로 그 때, 뒤에 온 친구 녀석이 내 팔을 꽉 잡고는,

"야! 잠깐만!" 하고 말하는 것이었습니다.

"왜?" 하고 물으니,

"야! 이 문, 잠겨 있잖아. 봐! 여기! 이렇게 못질이 돼 있잖아!"

순간, 나와 친구는 피가 거꾸로 솟구치는 것을 느끼며 다리에

힘이 쫙 풀렸습니다. 그렇다면 저, 저건 뭐지? 저는 친구와 손을 꼭 맞잡고 오금이 저려 한 발짝도 움직이지 못했습니다. 바로 그 때!

"아니 학상들 거기서 뭐혀? 화장실은 이쪽인디~!"

마당에 계시던 할머니가 다가오시더니 이렇게 말하며 우리 손을 잡아끄는 것이었습니다. 우리는 가까스로 할머니를 따라 다른 화장실을 이용하고는 황급히 나왔습니다.

할머니께 감사하다는 인사를 드리고 집을 나서려는데, 그 할머니께서 이렇게 말씀하시는 겁니다.

"아, 아까 거기는 작년에 웬놈이 여기 민박하러 왔다가 목매달아 뒤진 데여. 그래서 거긴 못 박아 놨잖여~!"

그렇다면 제가 몇 분이나 기다렸던 그 건물의 창문에 비치던 사람 머리는?

친구와 나는 후들거리는 다리를 질질 끌며 서둘러 논으로 돌아왔습니다.

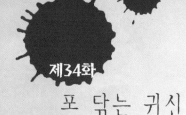

제34화
포 닦는 귀신

요즘도 뉴스를 보면 군대에서 상급병들에게서 구타를 당하거나 왕따를 당해 자살 또는 탈영하는 등의 사건이 일어나는 소식을 접할 수 있습니다. 그래도 지금은 군대가 많이 현대화되고, 그런 문제점들이 자꾸만 언론에 소개되면서 많이 나아져 군대 생활 하기가 편해졌다고 합니다.

하지만 옛날 어른신들 말씀을 들어보면 10년, 20년 전만 해도 군대 내 불미스런 사건이 많았고, 그로 인한 끔찍한 일들도 벌어지곤 했다고 합니다. 그리고 각 부대마다 그런 끔찍한 사건 하나쯤은 가지고 있었다는 말씀도 빠뜨리지 않습니다.

저의 군 시절 보직은 자주포 운전병이었습니다. 대대 전술훈련이 막 끝난 시점이었으니까 11월 중순쯤 되었을 겁니다. 훈련을 마치고 부대에 복귀한 저는 휴식시간을 갖던 중 내일 있을 차량운행 준비 한 가지를 깜짝 잊고 빠뜨린 게 생각났습니다.

차량운행 준비를 소홀히 한 것이 발각되면 당장 문책을 당하기 때문에 저는 속으로 덜컥 겁이 났습니다. 그리고 어떻게 하든 사수 몰래 빠뜨린 일을 마무리해 두어야겠다고 생각했습니다.

하지만 차량기지는 부대 외곽에 위치한 데다 가끔씩 귀신이 목격된다는 소문이 돌아 특히나 밤이 되면 몇 사람이 같이 가지 않는 한, 혼자서는 절대 가기를 꺼려하는 곳이었습니다. 하지만 불같이 화를 낼 사수의 모습이 떠올라 저는 어쩔 수 없이 화장실에 간다는 핑계를 대고 빠른 걸음으로 차량기지로 향했습니다.

당시는 제가 이병 딱지도 못 뗀 때라서 부대 내 모든 것들에 대해 약간의 공포심도 있었고, 오고가는 도중에 누구에게 들킬까봐 굉장히 걱정도 되어서 모든 게 조심스러울 수밖에 없었습니다.

그 때의 시각은 대략 저녁 8시가 조금 안 되었는데, 차량기지 안에 달려 있는 조그만 야간등 불빛들은 군데군데 흩어져 있어서, 아예 등이 전혀 켜 있지 않은 칠흑 같은 암흑보다도 더 괴기스러운 분위기를 만들어 내고 있었습니다. 게다가 11월 바람치고는 너무나 세게 불어 싸늘하기도 하고, 윙윙거리는 바람 소리가 가뜩이나 무서운 느낌에 시달리는 저를 더욱 주눅 들게 만들었습니다.

저는 차라리 한 번 혼나고 말걸 그랬나 하는 후회가 밀려왔지만, 이미 차량기지까지 와 있었기 때문에 그냥 돌아가기가 아쉬워 빠뜨린 점검을 빠른 속도로 끝내고 내무반으로 발길을 돌리려는 순간이었습니다.

쓱쓱쓱쓱……

팍팍팍팍……

희미하기는 하지만 분명 뭔가를 문지르거나 걸레를 터는 듯한 소리가 들리는 것이었습니다. 저는 갑자기 신경이 곤두서며 몸을 낮게 숙이고 주위를 살피기 시작했습니다.

쓱쓱쓱쓱……

쓱쓱쓱쓱……

분명히 소리는 들리는데, 어디에서 나는 소리인지 알 수가 없었습니다. 저는 '에잇 모르겠다. 일단 내무반으로 돌아가고 보자' 하며 발길을 몇 발자국 옮긴 순간, 경인포 쪽에서 무언가가 어른거리는 게 보였습니다. 겁이 나기는 했지만, 그렇다고 소리내어 달려갈 수도 없는 노릇이어서 살금살금 가까이 가 보았습니다. 그랬더니 사람 형체가 뚜렷하게 나타나면서 포를 열심히 닦고 있는 것이었습니다.

물론 아직도 조금 거리가 있어서 자세한 것까지는 보이지 않았지만, 분명 누군가가 포를 닦고 있었습니다. 그래서 저는 약간 안심이 되면서 속으로 이런 생각을 했습니다.

'또 어떤 놈이 나처럼 일을 빼먹었구나. 고생 좀 해라 형님은 가신다~.'

그런 생각을 하면서 돌아서려는데, 왠지 이상한 느낌이 들었습니다.

사람이 좌우로 움직이면서 원을 그리듯이 걸레질을 하면 분명히 팔이나 어깨, 하다못해 손목이라도 움직여야 하는데 그런 움직임들이 전혀 없는 것이었습니다. 그 사람은 그냥 횡으로 왔다 갔다 하고 걸레만 원운동을 하고 있었기 때문입니다. 마치 걸레가 혼자 빙글빙글 돌며 닦는 것처럼 말입니다.

저는 제가 눈이 나빠졌나 하고도 생각해 보았지만, 무서운 생각이 어느 정도 들지 않게 되었기 때문에 좀 더 가까이 가서 계급과 얼굴이라도 보아야겠다는 생각이 들었습니다. 그래서 저는 그 사람이 눈치 채지 못하게 최대한 소리를 죽여서 접근해서 보았습니다. 그리고 가까이 다가간 저는 그만 정신이 아찔해지고 말았습니다.

그 사람이 입고 있던 군복은 지금 우리가 입고 있는 얼룩무늬가 아닌 예전에 착용하던 민자무늬였는데, 그 군복이 누더기가 되어 있었습니다. 마치 방금 전 전장에서 돌아온 사람처럼 온통 흙투성이에다가 얼굴이 새까맣고 코나 입의 윤곽을 알아볼 수 없었습니다.

그런데 그 눈! 칠흑같은 어둠 속에서 도둑고양이를 보았을 때 광선을 뿜는 듯한 그 눈! 저는 그 눈과 마주치고 말았던 것입니다.

순간 저의 몸은 그 자리에서 얼어붙고 온몸에 짜르르르 전기가 흐르는 듯한 느낌을 받았습니다. 또한 심장은 쿵쾅거리면서 맥박질치기 시작했고, 다리는 부들부들 떨리면서 달아날 엄두가 나지 않았습니다.

그 눈은 한 동안 저의 눈을 뚫어져라 바라보더니 초점이 나의 가슴 쪽으로 향했습니다. 마치 가슴에 달린 계급 딱지를 확인하려는 듯이 말입니다. 가슴 쪽으로 초점이 옮겨지고 몇 초 후, 저는 그만 그 자리에서 정신을 잃고 말았습니다.

그것은 그 정체불명의 눈이 서서히 빛을 잃어가더니 몸뚱이도 희미하게 사라져버렸기 때문입니다.

정신을 차려 보니 저는 내무반에 누워 있었습니다.

"너 도대체 뭐 하러 거기까지 갔던 거야? 너 또 차량운행 점검 빼먹어서 몰래 갔었지?"

결국 저의 행각은 들통이 났지만, 제가 본 것을 그대로 얘기하자, 다들 얼굴색이 변하면서 놀라워했습니다.

나중에 알고 보니, 우리 부대에서는 포 닦는 귀신에 관한 이야기가 전해 내려오고 있었답니다. 하지만 그 귀신을 본 사람은 아직 아무도 없었는데, 제 이야기가 전해 내려오는 이야기와 너무나 똑같아서 모두들 말문이 막히고 말았다는 것이었습니다.

그리고 아직도 저는 그 광선처럼 쏘아보는 그 눈빛과 스르르 사라지던 그 광경이 떠오를 때면 온몸에 소름이 돋곤 합니다.

제35화

어느 일병의 복수

저는 7사단의 포병연대 모 대대에서 통신병으로 근무를 하고 있습니다. 이제 첫 휴가를 나왔으니까 제대할 날은 앞으로도 까 마득하죠. 그런데 얼마 전 부대 내에서 조그만 파티가 있었는데, 그 때 선임병들이 부대에 전해오는 괴담이라며 이런 이야기를 들려주었습니다.

처음 그 이야기를 시작할 때는 '또 겁이나 주려고 지어낸 이 야기일 테지.'라고 생각했는데, 그 말하는 투며 다른 선임병들의 진지한 태도, 그리고 직접 목격했다는 말까지 하면서 몸서리를 치던 그 모습으로 보건대, 정말 사실을 이야기하는 것 같았습니 다.

때는 70년대였다고 합니다. 한 신임병이 우리 부대에 배치를 받았는데, 행동거지가 다른 대원들에 비해 느리고 센스도 약간 떨어져서, 그 신임병 때문에 내무반 단체 기합을 많이 받았다고 합니다. 그리고 단체 기합을 받을 때면 화가 난 선임병들은 내무반에 돌아와 그 신임병을 구타하거나 모욕을 주는 등의 행동을 했다고 합니다.

지금이야 그런 고충을 해결할 수 있는 통로가 뚫려 있지만, 그 때만 해도 그런 제도가 제대로 갖추어지지 않아 그 신임병은 매우 큰 고통을 감내해야 하는 군생활의 연속이었답니다. 그러기를 수 개월. 그 신임병이 드디어 일병이 되었답니다. 그리고 그 축하식을 거행한답시고 같은 내무반 대원들이 양껏 골탕을 먹였다는군요. 그 골탕 먹인 내용에 대해서는 자세하게 전해지는 바가 없습니다.

다음날 아침 새벽, 그 일병은 부대 내 고목나무에 목을 매달아 숨진 채 발견되었습니다. 그리고 그 이후로 부대 내에서는 끔찍한 일들이 일어났습니다.

그 일병이 숨진 지 얼마 후, 같은 내무반 소속의 말년 병장이 제대를 일주일 앞두고 부대 내 고목나무에 목을 매달아 숨진 채 발견된 것입니다. 그러자 부대 내에서는 일병이 복수를 했다는 소문이 나돌기 시작했습니다. 그리고 목매달아 자살한 병장이 그 일병을 가장 심하게 욕보인 장본인이라는 소문도 함께 퍼졌습니다.

그리고는 몇 달이 지났습니다. 그 사건이 잊혀질 만했던 어느 날, 다른 부대에서 전역을 일주일 앞둔 병장 하나가 소총으로 자신의 머리를 쏘아 자살했다는 이야기가 전해졌습니다. 알고 보니 그 소총 자살한 병장은 원래 우리 부대에 있었는데, 목매달아 자살한 병장의 광경을 보고 무서워서 다른 부대로 옮겨 간 부대원이었다고 합니다.

그리고 또 얼마 후, 같은 고목나무 아래에 서 있던 갓 병장을 단 대원 하나가 벼락을 맞아 급사하는 일이 발생했다고 합니다. 그러자 부대에서는 그 고목나무를 베고, 자살한 일병을 위한 위령제를 올리는 등 정성을 다해 사고 방지에 만전을 기했다고 합니다. 다행히 그 이후로는 사건이 발생하지 않게 되었답니다.

하지만 사건이 발생하지 않았을 뿐, 이후로도 부대 내에서는 그 일병과 닮은 사람을 보았다는 제보가 끊이지 않았다고 합니다. 부대 내 보행 중에 앞에서 어느 일병이 마주 걸어오다가 경례 주고받고 지나쳤는데, 지나고 생각해 보니 어디에서 많이 본 것 같은데, 그런 얼굴의 일병이 없었다는 것을 생각해내고는 뒤를 돌아보니 아무도 없었다거나, 어둡고 캄캄한 밤에 CP실과 대대장실 사이에서 그와 비슷한 사람을 보았다거나, 야간 근무를 서고 있는데, 갑자기 참호를 두드리는 소리가 들렸다거나……

어느 일병의 복수 이야기는 그렇게 끝나가는 듯했습니다. 그랬는데 그 이야기를 듣고 있던 나보다 2개월 먼저 들어온 고참

하나가 갑자기 얼굴에 핏기가 가신 얼굴을 하고는 이렇게 말하는 것이었습니다.

"그럼, 얼마 전에 내가 본 그게 혹시 그 귀신 아닐까요? 한밤중이었는데, 전봇대에 올라가서 두 다리로 전봇대를 잡고 있고 두 팔로는 선로 작업을 하고 있더라구요. 그런데 그 다음날 확인해 보니까 그런 작업이 없었다는 겁니다. 그 때는 내가 잘못본 줄 알고 그냥 넘어갔는데, 이 얘기를 듣고 보니, 왠지 소름이 끼칩니다."

그랬더니 모두 입을 다물고 듣고만 있던 몇몇 대원들이 비슷한 경험을 했다며, 한 마디씩 거드는 것이었습니다. 그런데 그런 말을 하는 사람들의 표정이 어찌나 진지한지, 그리고 몸서리까지 치는 걸 보면 분명 거짓이 아님을 알 수 있었습니다.

저는 지금 첫 휴가를 나왔거든요. 그런데 제가 휴가 나오던 바로 그날, 저도 비슷한 경험을 하고 말았습니다. 휴가를 나오려고 짐을 챙겨들고 내무반에서 나와 입구 쪽으로 걸어가고 있는데, 앞에서 저와 같은 일병 계급을 단 사람이 하나 걸어오는 거예요. 그리고 저를 스쳐 지나가면서 씩 하고 웃는 거예요. 그런데 아무리 생각해도 우리 부대에서 그 얼굴을 본 적이 없거든요.

왠지 행동이 느릿하고 눈동자에 약간 힘이 풀린 듯한 그 모습!
앞으로 제대할 날이 얼마나 많이 남았는데, 그런 섬뜩한 일을
겪으며 군생활을 해야 하나 생각하니 조금 까마득해지네요.

제36화

생명을 나누어 가진 친구

혹시 여러분 주위에 유독 꿈을 많이 꾸거나 그 꿈이 실제로 들어맞는 등, 약간은 남들과 다른 면을 가진 사람은 없습니까? 아마도 그런 경우가 종종 있을 거라고 생각합니다.

저는 위로 언니가 두 명이 있고, 제 할머니께서 무당 일을 하셨습니다. 그래서 그런지 저와 큰언니한테는 신기가 있다고들 합니다. 저는 신기가 별로 센 편이 아닌데, 큰언니는 신기가 상당히 세서, 예지몽(앞날에 일어날 일이 꿈에 보이는 것)은 물론 영을 자주 보기도 합니다.

저도 어릴 때부터 보통 사람보다는 헛것을 많이 보거나 환청을 자주 들기도 했습니다. 그리고 꿈도 거의 매일 꾸는 편이고 아주 심각한 일이 있을 때는 그 꿈이 맞을 때도 있습니다. 물론 대개는 뒤죽박죽인 꿈을 더 많이 꾸지만요.

그런 제가 아주 큰 일을 한 적이 있습니다. 저는 지금 26살이고, 제가 말씀 드리려고 하는 일은 22살인가 24살의 겨울 설날 때 있었습니다.

저희 집이 제주도인데 사정상 가지 못하고 친구네 집으로 놀러 갔었죠. 그 친구와 저는 굉장히 오랫동안 친했습니다. 그런데 그 친구는 심장이 선천적으로 좋지 못했어요. 제가 들은 바로는 태어나자마자 죽을 정도의 기형이었는데 운 좋게 살았다고 하더군요. 살 확률이 10000분의 1도 안 된답니다. 그 친구는 중학교 2학년 때 제가 다니던 학교로 전학을 왔죠. 저희 학교가 워낙 촌이고 공기가 좋아서 요양 차 온 것이었습니다. 그 후로 쭈욱 친구였던 거죠. 그리고 그 친구는 그 곳에서 계속 살았고 저는 제주도로 이사를 가서 대학을 다니고 일 때문에 서울로 취업을 나온 상태였습니다. 오랜만에 보는 친구라 상당히 반가웠어요.

한 3일 정도 그 친구 집에서 자고 왔는데, 그 꿈은 아마 둘째 날에 꾸었던 걸로 기억합니다. 그날도 나와 그 친구 그리고 그 친구의 여동생 이렇게 셋이서 밤늦게까지 수다를 떨다가 잠을 잤습니다. 자다가 꿈을 꾼 건지 아니면 실제로 있었던 건지, 그건 확실하지 않습니다. 아무튼 자고 있는데 이상한 느낌이 들어서 제가 잠에서 깨었습니다. 그리고는 문득 친구 얼굴을 보았는데. 그 친구 머리 위쪽에 어떤 남자가 서 있더군요. 검은 정장을 입고 있었고 머리는 스포츠형이었으며 얼굴이 매우 창백했습니

다. 인상이 어찌나 차갑던지, 보는 순간 저승사자구나 하는 생각이 들더군요. 제가 평소에 꿈에서 자주 접하던 갓 쓴 저승사자는 아니었지만 느낌이 바로 왔습니다. 그런 상황에 제가 겁도 없이 말을 걸었습니다.

"왜 제 친구 머리맡에 계신 거예요?"

그러자 그 저승사자가 제 친구를 데리러 왔다고 하더군요. 그래서 저는 갑자기 슬퍼져서 엉엉 울며 안 된다고 말렸습니다. 그러자 저승사자가 저를 노려보며 묻더군요.

"그럼 니가 대신 갈 테냐?"

순간 저는 아무 말도 하지 못했습니다.. 그러는 사이 저승사자가 친구의 손을 잡더군요. 그래서 제가 그 손을 뺏으면서 애원했습니다.

"대신 제 생명을 10년 드릴게요. 제발 제 친구는 데려가지 마세요, 네!!"

그러자 저승사자는 "그럼 네 생명을 네 친구에게 주겠다."라고 하더니 홀연히 사라져버렸습니다.

그 꿈을 꾸고 잠에서 깨고 난 후, 너무나 생생한 느낌에 자고 있는 친구를 바라보았습니다. 시간이 새벽녘이어서 그런지 어습프레 비치는 친구의 얼굴을 보고 왠지 모를 뿌듯함을 느꼈죠. 제 친구를 지켰다는 뿌듯함 말이에요.

그런데 곰곰이 생각해 보니 그 꿈이 사실이라면 제 친구는 정확히 10년 후 설날 때쯤에 죽을 거라는 거겠죠? 저는 제 생명에서 10년을 나누어 주었으니 언제 죽을지 모르는 운명이구요. 되도록 오래 살고 싶은데……

그 친구에게 꿈 얘기를 했을 때는 그 친구 역시 믿지 않았지만 상당히 감동한 눈치더군요. 그러고 나서 시간이 지나며 그 일을 잊었을 때쯤, 그 친구가 영장이 나오고 신검을 받았습니다. 심장 때문에 군대는 갈수가 없는 상황이었으나 수술을 받지 않으면 면제가 되지 않는다는 말에 병원으로 검사를 받으러 갔더군요. 어차피 그 친구는 30살 되기 전에는 수술을 해야 할 형편이라 겸사겸사 검사를 받으러 갔습니다. 선천적인 기형 탓에 심장이 약해 30살이 되기 전에 급사할지도 모른다고 했다더군요.

그런데 이 수술은 너무 어릴 때는 수술을 시킬 수가 없고 20살은 넘어야 수술을 할 수 있다고 합니다. 여기까지 친구에게 듣는 순간, 그 날 밤에 있었던 일이 생각났습니다. 어쩌면 30살이 되기 전에 급사할지도 모른다는 그 때가 바로 그 날이었을지도 모르겠다는 생각이 들더군요.

검사결과가 나오고 의사가 친구한테 얘기하기를, 지금까지 어떻게 살았는지 신기하다고 하더랍니다. 지금 심장의 상태가 언제 죽을지 모르는 상태라면서요. 병에 대한 면역이 없어서 강한 세균이라도 들어가는 날에는 치료도 못 하고 죽을 수도 있답니다. 급사로요. 그런데 그 친구는 검사 받기 3일 전까지 술이며 담배를 즐기던 친구였죠. 누가 봐도 멀쩡한 친구인데 검사결과가 그렇게 나오니 부모님과 그 친구도 역시 당황했답니다.

그 다음날 친구는 바로 입원을 했고, 병원 밥도 일반병실의 밥과는 달리 멸균 처리된 밥이 지급되었으며, 밖의 음식은 아예 입도 대지 못하게 했습니다. 그리고 수술할 때까지 세균을 없애주는 주사를 맞았습니다.

지금 생각해 보니 그 친구가 수술을 받을 때까지, 언제 터질지 모르는 시한폭탄을 몸에 지니고도 지금까지 온전히 잘 살았던 것이 제 생명 10년을 주었기 때문이 아닐까 하는 생각이 들더군요.

10년. 이제 그 10년에서 벌써 3~4년 정도가 흘렀습니다. 제 생명도 10년이 깎인 나머지에서 3~4년이 흘렀구요. 지금 다시 생각나서 그런지 불안합니다. 현재 저는 저를 매우 사랑해 주는 애인과 행복한 나날을 보내고 있거든요. 하루하루가 소중한 저는 단축되었을지도 모를 10년의 생명 때문에 슬슬 겁이 납니다.

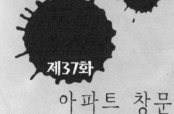

제37화
아파트 창문

저는 얼마 전에 아주 걱정되는 일을 하나 경험했습니다. 그 일이 아직도 걱정이 되네요.

저는 15층짜리 복도식 아파트의 12층에 살고 있는데요, 제 방은 현관에 들어서면 바로 옆에 있는 방이라 창문이 복도 쪽으로 나 있습니다. 그리고 제 방문 바로 옆에는 전신 거울이 있어서 제 침대에서 눈을 뜨면 거울이 바로 보입니다.

불과 얼마 전 일이에요. 평소처럼 자고 있었죠.

또각…… 또각…… 또각…… 또각…….

여자의 구두 소리가 들리는 거예요. 그런데 그게 꿈속에서 들리는 것인지 실제로 들리는 것인지 분간하기가 힘들더라고요.

또각… 또각… 또각… 또각….

계속해서 들리는 소리에 저는 그만 잠에서 깨고 말았습니다.

그리고 침대에서 몸을 일으키는 순간 온몸이 굳어 버렸어요. 아, 글쎄 거울 속에서 누가 저를 쳐다보고 있는 거예요. 여자였죠. 굉장히 무기력한 표정이었어요. 저는 너무 놀라 움직이지도 못하고 한동안 그 여자 얼굴을 응시하고 있었죠. 그러는 사이에 꿈인지 생시인지 분간을 할 수가 없었어요. 그런데 이상한 것은 무섭지가 않았어요. 여러분 같으면 그러겠어요?

한밤중에 자다가 잠에서 깨었는데, 거울 속에 낯선 여자가 아무 표정도 없이 자기를 바라보고 있다고 생각해 보세요. 아마도 기절을 하거나 온몸에 소름이 돋거나 눈을 감거나 하지 않겠어요. 지금 상상하면 정말 끔찍하게 무서운 일인데, 그 때는 그게 무섭지 않았어요. 어쩌면 꿈이라는 생각을 했을지도 모르겠어요. 그래서 저는 그만 다시 스르르 잠이 들고 말았지요.

제가 거울 속의 그 여자를 보고 있는 동안, 그 여자의 눈동자에서 핏줄기가 흘러내린다든지, 날카로운 미소를 지으며 깔깔 깔깔 웃어댄다든지, 거울 속에서 내 침대 쪽으로 튀어나와서 나의 목을 조른다든지 하는 일을 생각하면 얼마나 무서웠겠어요. 그런데 그 때 저는 그런 생각이 들기는커녕 왠지 그 여자가 불쌍하다는 생각을 했었던 것 같아요.

아무튼 밤새 아무 일 없이 아침이 밝았고, 저는 제 방 바로 맞은편에 있는 쌍둥이 언니한테 달려가서 어젯밤 이야기를 했어요.

그랬더니 언니도 똑같은 일을 경험했다는 거예요. 다만 저와 다른 점은, 저는 거울을 통해서 그 여자를 봤고, 언니는 창문 밖에 있는 여자를 봤다는 것이었어요.

우리집 아파트는 현관문을 들어서면 좌우로 똑같은 구조의 방이 있는데, 언니와 제가 각각 쓰고 있으니까, 언니 방의 창문도 복도 쪽을 향해 나 있는 거예요.

언니는 잠을 잘 땐 누가 업어 가도 모를 정도로 깊게 잠이 드는 체질인 데다, 한 번 잠이 들면 아침까지 한 번도 깨지 않죠. 그런데 어젯밤에는 유난히 구둣소리가 컸다는군요. 왜 있잖아요. 지하철 계단에서 딱딱딱딱 하며 유난히도 소리가 커서 귀를 막지 않고서는 도저히 참을 수 없는 구두 소리 말예요. 잠이 깬 언니는 '누가 이 시간에 이렇게 큰 소리를 내면서 복도를 걷는 거지?' 하고 속으로 생각하면서 복도 쪽을 바라보았는데, 글쎄 어떤 여자가 언니를 지긋이 쳐다보더라는 거예요. 그 눈빛이 어찌나 강렬한지 온몸에 소름이 쫙 돋더라는 거예요. 그래도 창문 밖에 있는 사람이라 어쩌지 못하겠거니 하고 언니는 애써 잠을 청했다고 합니다.

그런데 언니와 제가 이야기를 나누는 동안, 저와 언니는 점점 무서운 생각이 들었어요.

옷차림과 얼굴 모양, 그리고 헤어스타일을 서로 이야기하는데,

너무나 똑같은 거예요. 또 우리 쌍둥이 자매는 둘 다 시력이 마이너스라서 안경을 쓰지 않으면 형체만 보일 뿐, 표정까지는 또 렷하게 볼 수 없거든요. 그런데 그 여자의 표정이랑 머리 스타일까지 똑똑히 볼 수 있었다는 거예요. 어떻게 그럴 수 있는지 정말 몸서리가 쳐져요. 그리고 마지막으로 저와 언니를 경악하게 만들었던 것은, 우리 방 창문 유리는 투명 유리가 아니라 불투명 유리라서 도저히 밖에 있는 사람의 용모를 그렇게 정확하게 볼 수 없다는 거죠.

저와 언니가 그런 이야기를 나누며, 혹시 매일 밤 그 여자가 나타나면 어떡하나 걱정하고 있는데, 밖이 웅성웅성 거리면서 어수선한 소리가 들리기 시작했어요. 엄마도 아빠도 뭔가에 놀란 사람처럼 현관문을 향해 뛰어나가셨고요. 그래서 우리도 얼른 나가 보니, 글쎄 어떤 여자가 우리 아파트에서 투신자살을 했다며 다들 불안한 표정을 짓고 있는 거예요. 그리고 더 놀라운 건 그 여자가 하필이면 제가 사는 12층에서 뛰어내렸다고 하더라고요. 그리고 그 위치가 바로 우리집 현관문 바로 앞이었어요.

그 일이 있은 지 한 달이 지났지만, 우리 자매는 그 날 이후 줄곧 거실에서 같이 잠을 잡니다. 아직도 제가 걱정하는 건 그 여자가 죽기 전에 마지막으로 본 사람이 혹시 제가 아닌가 하는 생각 때문입니다.

예? 아~!, 그런데 이 일이 왜 무서우면 무서웠지 뭐가 그렇게 걱정되는 일이냐고요?

자살하는 사람이 자살하기 직전에 눈을 마주친 사람은 그 사람의 혼이 자기한테 실린다는 얘기 못 들어 보셨어요? 여러분도 혹시 어느 비오는 날 어둑한 밤에 아주 무표정한 표정을 하고 세상을 모두 체념한 듯한 사람을 본다면, 그 사람과 눈을 마주치지 말기를 바랍니다.

제38화

꿈속의 할아버지

가끔 어르신들께서 꿈을 꾸시고는 현실 세계와 연결하는 장면을 경험하곤 합니다. 그런 걸 보면 정말 귀신이 있기는 있나 보다 하는 생각마저 듭니다.

제가 경험한 것만 보아도 틀림없이 어떤 영혼 같은 것이 있어서, 죽어서도 산 사람의 꿈속에 나타나 어떤 예지 같은 것을 하는 모양입니다.

그러니까 벌써 2년이 다 됐네요. 할아버지 제사가 얼마 남지 않은 어느 날, 제사를 지내기 위해 할머니께서 저희 집에 오셨습니다. 가족들과 같이 저녁을 드시고, 할머니께서는 오시느라 피곤하셨는지 방에 누워 잠깐 주무셨습니다. 그런데 저도 할머니 덕에 맛있는 반찬이 많이 나와서 저녁을 너무 많이 먹다 보니 배가 불러서였던지 잠이 솔솔 오길래 식구들과 TV를 보다가 소파에서 잠이 들었습니다.

그런데 주무시던 할머니께서 갑자기 벌떡 일어나셨다고 합니다. 저는 할머니께서 일어나시고 몇 분 후에 일어났고요. 갑자기 잠에서 깬 할머니는 이상한 꿈을 꾸셨다고 합니다.

저희 할아버지는 다리 한쪽이 없는 분이셨습니다. 트럭에 치어 다리를 잃으셨죠. 그런데 할머니 꿈에 나타난 할아버지는 두 다리가 멀쩡하셨고, 오토바이 위에 서 계셨다고 합니다.

꿈이었지만 너무 황당했답니다. 우선 오토바이 위에 올라가신 것도 그런 데다, 백미러 위에 올라계셨다니 말입니다. 할머니는 할아버지께 빨리 내려오시라고 했답니다. 위험한데 왜 거기 그러고 계시냐면서 계속 손짓을 하자, 할아버지는 할머니 말씀에는 전혀 대꾸로 안 하시면서 계속 "됐다. 이제 됐다."라고 하시더니 백미러에서 폴짝! 뛰어내려 검은 옷을 입은 누군가를 따라가셨다고 합니다.

가족들은 거참 알 수 없는 꿈이라며 그냥 넘어가는 눈치였지만, 저는 정말 온 몸에 소름이 돋을 정도로 놀랐습니다. 그것은 저도 할머니와 똑같은 꿈을 꾸었기 때문입니다.

제 꿈에서도 역시 할아버지께서 오토바이 백미러 위에 계시다가 "됐다~. 됐다~." 하셨는데, 할머니의 꿈과 다르게, 검은 옷을 입은 누군가가 아니라 생전 처음 보는 여자를 따라가셨습니다.

그리고 얼마 후였습니다.

노총각이시던 삼촌께서 굉장히 예쁜 분과 사귀게 되셨고, 결국 결혼까지 하셨습니다. 그리고 첫째 숙모께서 그 때 임신 중이셨는데, 아기를 낳으실 때 주변의 걱정과 달리 굉장히 쉽게 낳으셨다고 합니다. 게다가 그 아기의 이목구비가 할아버지와 굉장히 비슷했다고 합니다.

혹시 꿈속에서 할아버지께서 "됐다"라고 말씀하신 게 이런 좋은 일들을 말한 게 아닐까요?

제39화
상견례

저는 결혼한 지 3년째가 되는데, 큰 딸아이는 얼마 전에 돌을 지냈고 둘째는 아내 뱃속에서 무럭무럭 크고 있답니다. 지금은 이렇게 행복하게 살고 있지만, 외할아버지와 외할머니가 아니었다면 우리의 결혼은 시작부터 삐걱거렸을지도 모른다는 생각을 가끔 하곤 합니다.

아내와 저는 5년 동안 연애를 하고 결혼했는데, 상견례가 있기 전까지 부모님께 딱 한번 보여 드렸습니다. 그래서였을까요? 상견례 하기 전에 결혼식 장소를 두고 의견대립이 있었는데, 아버지께선 고향이 강원도이니 강원도에서 결혼해야 한다고 하셨고, 아내 친정에서는 집이 서울이라서 강원도에서 하기에는 너무 멀다며 선뜻 동의해 주시지 않았습니다.

결혼이 두 사람의 사랑만으로 되지 않는다는 말을 여러 차례 들었지만, 제가 그런 꼴을 당할 위기에 직면하리라고는 생각지도 못했습니다. 이런 식으로 나가다가는 만약 결혼을 하게 되더라도 제 아버지는 며느리를 곱게 보지 않으실 테고, 저 또한 처 갓집에서 대접 받기는 글렀다는 결론에 이르게 됩니다.

결국 쌍방의 합의가 되지 않은 찜찜한 상태에서 상견례를 하게 되었습니다.

그런데 상견례 당일 아침이었습니다. 어머니께서 왠지 들뜬 얼굴로 아버지께 뭐라고 말씀을 하셨고, 어머니의 이야기를 들은 아버지께서는 결혼 장소를 강원도도 아니고 서울도 아니지만, 현재 저의 직장이 있는 경기도 부근에서 찾아보자는 절충안을 내놓으셨습니다. 아버지의 뜻밖의 절충안에 힘입어 상견례를 무사히 마칠 수 있었습니다.

일이 잘 마무리되자, 저는 어머니께 그 때 무슨 일이 있었느냐고 여쭈어 보았습니다. 그랬더니 어머니께서는 다음과 같은 이야기를 해 주셨습니다.

어머니는 상견례가 있기 전 날 밤 꿈을 꾸셨는데, 꿈속에서 돌아가신 외할아버지와 외할머니가 나타나시더니 묵은 이불이며 옷가지를 전부 태우고 계셨답니다. 어머니께서는 두 분을 보시고는 너무나 반가워 가까이 다가갔다고 합니다. 그랬더니 두 분께서 이렇게 말씀하시더랍니다.

"**네 집에 가서 이불 좀 훔쳐 와라."

그래서 이상하게 생각한 어머니께서 그 이유를 여쭙자, 외할머니께서 활짝 웃으시면서 이렇게 대답하셨답니다.

"우리 외손자 며느리 줄라 그러지."

그래서 어머니께서는 제 아내를 좋게 생각하게 되셨고, 아버지와 상의하여 고집을 부리지 말고 서로 좋은 쪽으로 방법을 찾아보도록 했다는 것입니다.

이런 이야기를 들으면 참 기분이 묘해지죠. 하긴 제 아내가 저와 아주 잘 맞거든요. 그러니 얼마나 꿈이 잘 맞은 겁니까?

참! 이불을 훔쳐오라는 꿈은 진짜 훔쳐오라는 의미가 아니라, 부부금슬이 좋아 잘 살게 된다는 뜻이라고 합니다.

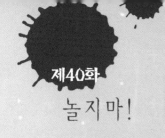

제40화

놀지마!

어린 시절, 여름방학이 되면 저는 해마다 외갓집에 가서 외가 친척 동생들과 일주일이고 이주일이고 시간 가는 줄 모르게 놀 다 오곤 했습니다.

어느 날 친척 동생들을 데리고 뒷산에 가서 놀고 있었습니다. 아무것도 모르고 무서울 것도 없으며 생각도 단순한 어린 시절 이라 천진난만하게 뛰어 놀던 저희들은 조그마한 봉우리(어릴 적에는 매우 커 보였는데, 사실 그것은 무덤이었습니다)를 보고 올라타고 미끄럼 타고, 심지어 친척동생은 무덤 옆을 손으로 파 기까지 했습니다.

"이놈들!!!"

한참을 잘 놀고 있는데, 갑자기 머리를 산발한 할머니께서 나 타나 몽둥이를 들고 달려오고 계셨습니다. 저희는 맞을까 두려 워 부리나케 도망쳤고, 다행히 그 할머니는 외갓집까지 쫓아오지는 못하셨습니다.

그날 저녁 천척들과 저녁을 먹고 잠자리에 들었는데, 찢어지는 비명소리에 눈을 떠보니 둘째 이모님께서 배를 부여잡으시고 쓰러져 계시는 겁니다. 급히 병원에 가셨고, 다음날 이모님께서 맹장 수술을 하신 것을 알게 되었습니다.

다음 날 오후, 병원에서 의식을 차리신 이모님은 진짜 죽다 살았다며, 의식을 잃으실 때 꿈 이야기를 하셨는데 저희는 이야기를 듣자마자 그 자리에서 굳어버렸습니다.

"내가 밤에 자는데 옆구리가 찢어질 듯 아픈 거야. 그래서 눈을 떠보니 머리를 산발한 할머니가 '너두 당해 봐라 이년아! 너두 당해 봐라 이년아!' 하며 옆구리를 긁어대지 뭐야."

제41화

투명 귀신

저는 미국에서 공부하고 있는 유학생입니다. 지금은 대학에 다니고 있는데, 지금부터 하려는 이야기는 고등학교 때 일입니다.

제가 고등학교에 다닐 적에는 학교 기숙사에 있었습니다. 그때 내 룸메이트는 타이완에서 왔는데, 성격도 착하고 공부도 열심히 하던 아이였습니다. 우리는 무척이나 친하게 지냈는데, 어느 날 수업이 끝나고 기숙사로 되돌아가려 할 때 그 애가 할 이야기가 있다면 나를 불러 세우더니 교내 카페로 데려갔습니다.

무슨 일이냐고 묻자, 그 애는 아주 진지한 표정으로 이렇게 물어보는 것이었습니다.

"너 혹시 우리 방에서 뭐 이상한 걸 보거나 느낀 적 없어?"

나는 특별한 걸 보거나 느낀 적이 없다고 하니까 그 아이는 참 이상하다는 표정을 지으며 이런 이야기를 했습니다.

며칠 전에 방에서 공부를 하다가 새벽 2시쯤 세수나 하고 자려고 세면실에 들어갔답니다. 그런데 세면실 문을 여는 순간 왠지 다른 때와는 다른 음습한 기운을 느꼈다는군요. 꼭 세면실 안에 누가 먼저 들어와 있는 느낌도 들고 말이죠.

하지만 저는 침대에서 자고 있었으니, 세면실 안에 누가 있을 리가 없다고 생각한 그 아이는, 자기가 너무 늦게까지 공부를 해서 신경이 예민해져서 그런가 하고 생각했답니다. 그리고 세수를 마치고 고개를 든 순간! 거울 속에서 온통 물에 젖은 머리카락으로 온 몸에 칭칭 감은 여자가 거울 속에서 자기를 향해 확 달려왔다는 겁니다.

그 아이는 깜짝 놀라 뒤로 넘어져 엉덩방아를 찧었는데, 다행이 다치지는 않았고 거울 속의 그 괴이한 여자도 어디론가 사라졌다고 합니다. 그 아이는 너무나 무서워서 두 다리가 후들거리면서 간신히 세면실에서 나와 침대에 누웠는데, 도저히 잠을 이룰 수가 없어서 이불 속에 머리를 박고 그대로 밤을 새웠다고 합니다.

혹시나 거울 속의 그 여자가 나타나서 이불을 걷어올리기라도 하면 어쩌나 걱정하면서 밤을 새운 생각을 하면 지금도 온몸이 오싹해진다고 했습니다. 그래서 저는 무슨 일이 있으면 기숙사 관리실에 얘기해서 방을 옮겨달라고 하자고 하고, 그 날은 일단 기숙사로 돌아왔습니다.

그리고 그 날 밤. 12시 쯤 되어서 그만 자자고 하자, 그 아이는 잠이 안 온다면서 조금만 더 공부하고 자겠다길래, 저 먼저 잠을 청했습니다. 얼마나 잤을까요? 저는 어느 순간 온 몸을 으슬으슬 감는 한기에 살짝 눈이 떠졌습니다. 시계를 보니 새벽 2시가 조금 넘어 있었습니다. 그런데 그 아이는 아직도 책상에 앉아 공부를 하고 있었습니다.

"너무 늦게까지 하는 거 아니니? 이제 좀 자야지?"

그 아이 등에 대고 이렇게 말을 했는데, 말을 마치자마자 저는 잠결에 뭔가 좀 이상하다는 생각이 들었고, 순간 제 몸이 뻣뻣하게 굳어 버렸습니다. 그것은 책상에 앉아 있는 그 아이의 등을 통해 책상과 책들이 보였기 때문입니다. 마치 투명인간이 앉아 있기라도 한 것처럼 말입니다.

책상에 앉아 있는 사람은 그 아이가 아니었습니다. 아니 사람이 아니었습니다. 유령처럼 투명한 몸을 가진 그녀. 이윽고 그녀가 고개를 돌렸을 때 저는 곧바로 기절하고 말았습니다.

그녀의 눈이 서로 반대쪽으로 돌아가고 있었기 때문입니다.

제42화

병원 옆 기숙사

당신은 사람이 죽어서 그 영혼이 하늘로 올라가는 것을 본 적이 있습니까?

1991년. 제가 공업고등학교 3학년 때, 인천 ○△병원 옆 인테리어 가구 회사로 취업을 나갔다가 겪은 일입니다.

인천에 위치한 인테리어 가구 회사는 저희 집에서 너무 멀어, 일하는 동안 저는 회사 기숙사에서 생활하게 되었습니다. 꽤나 좋은 환경이었고 옥상도 마음대로 사용할 수 있는 기숙사여서 참 마음에 들었습니다. 한 가지 마음에 걸린 것은 옥상에 올라가면 대부분 ○△병원 풍경만 보인다는 것이었지만, 그래도 크게 개의하지 않았습니다.

그런데 어느 더운 여름날이었습니다. 샤워를 하고 옥상으로 빨래를 널러 외부 계단을 통해 올라가고 있는데, 뒤에서 뭔지 모를 인기척이 느껴졌습니다. 얼른 뒤를 돌아보았지만, 빈 허공에 누가 있을 리가 없었습니다. 보이는 것은 ○△병원의 건물뿐이었습니다. 그래서 다시 계단을 오르기 시작했는데, 또 뭔가가 뒤에 있는 듯한 느낌이 강하게 오는 것이었습니다. 저는 팔에 약간의 소름이 돋는 것을 느끼며 슬며시 뒤를 돌아보았습니다.

순간! 저는 그만 계단에 주저앉고 말았습니다. 뒤를 돌아보니까, 하얀 형체……, 정확하게 말하면 상반신은 사람의 형체인데 하반신은 다리 모양이 아니라, 마치 유령처럼 형체를 알아볼 수 없는 형태이고 전신이 하얗게 빛나는 사람이 하늘로 올라가고 있는 것이었습니다. 약 10초 정도 하늘을 향해 올라가다가 이내 사라졌습니다. 저는 그 자리에 한참을 앉아 있다가 간신히 정신을 수습하고 내 방으로 돌아왔습니다.

다음 날. 회사 사람들에게 어제 겪은 일을 이야기했더니, 먼저 기숙사 생활하다가 지금은 자취를 한다는 어느 선배가 앞으로 나서며 그런 건 아무 것도 아니라고 하더군요. 그 선배 말에 따르면 자기가 기숙사에 있을 때는 빨간 옷을 입은 여자가 방 입구에서 자길 빤히 쳐다보는 일이 자주 있었다고 합니다. 누군가 싶어 나가보면 이미 사라지고 없고, 기숙사를 나갈 때까지 그런 일이 빈번했다고 합니다.

그리고 그 선배의 마지막 한 마디가 저에게 강한 충격을 주었습니다. ○△병원 건물 중에서 회사 옆에 있는 건물이 바로 이

병원의 영안실이라서 가끔 하늘로 가는 영혼들이 기숙사를 지나친다고 말이죠. 제가 본 것도 바로 그런 게 아닌가 싶습니다. 그 후 저는 서울에서 인천으로 출퇴근을 하기로 했는데요, 왜 그림이나 영상을 통해 보는 유령의 모습이 제가 본 그런 모양으로 묘사되잖아요. 그건 도대체 누가 언제부터 그렇게 묘사한 것일까요? 그런 모양을 유령이라고 묘사한 사람도, 사실은 실제로 그 유령의 모습을 본 적이 있는 건 아닐까요?

제43화
○○동 괴담

자세한 지명은 밝힐 수 없지만 저희 동네(서울 소재)에서 실제 있었던 일입니다.

제가 어렸을 때부터 이 동네에는 뭔가가 나온다는 소문이 나돌던 길목이 있었습니다. 예나 지금이나 가로등이 적은 곳이었는데, 소문의 길목은 가로등이 하나도 없어서 한밤중에는 어른들도 지나가길 꺼려하는 곳이었습니다.

그 길목에는 지하가 딸린 건물이 하나 있었습니다. 확실하게 기억나지 않습니다만, 아마 양말 공장이었던 것으로 기억됩니다. 처음 그 길목을 지날 때에는 아무 소리도 듣지 못했기 때문에 폐가인가 싶었지만, 자주 지나다니다 보니 기계소리와 판소리가 작게 들리기 시작했고, 밤에는 희미한 불빛이 새어 나왔던 걸로 보아, 밤늦게까지 공장이 가동되었던 것 같습니다.

그리고 세월이 흘러 제가 고등학교에 진학해 옆 동네로 이사간 후, 그 길목에 있던 공장에 화재가 났었다고 합니다. 재빨리 불을 진압하여 불이 번지는 건 막을 수 있었지만, 안타깝게도 지하에서 탈출하지 못한 열댓 명의 직원들과 직원들의 아이들이 유독가스에 질식하여 목숨을 잃었다고 합니다. 조용한 동네이다 보니 그런 큰 사건은 며칠 동안 큰 이야깃거리가 되어 뒤숭숭했습니다.

그리고 그 이야기도 시들해질 때쯤 지하공장 건물 옆에 공사 중이던 단독주택이 완성되었습니다. 주택의 주인은 형의 절친한 친구 가족이었는데, 당시 친구 가족들은 외국에 있었기 때문에 화재에 대한 이야기를 전혀 몰랐다고 합니다. 형은 새 집에 살게 된 친구의 기분이 상할까봐 화재에 대한 이야기는 전혀 하지 않았다고 합니다.

그로부터 한 달 뒤.

오랜만에 집에 놀러온 형 친구로부터 이상한 이야기를 듣게 되었습니다. 새 집이라서 좋았는데, 밤마다 이상한 울음소리가 들려서 잠을 설친다는 것이었습니다. 처음에는 고양이 울음소리인 줄 알았는데, 하루하루가 지날 때마다 그 울음소리는 점점 통곡소리로 변했다고 합니다.

하지만 워낙 종교에 대한 믿음이 굳건했던 형이어서 귀신일지도 모른다는 생각은 하지 못한 채, 고양이 울음소리가 심하다고만 생각했답니다. 하지만 집 밖에 나가 소리의 정체를 알아내려고 하면 소리가 멈추고, 집 안에 들어오기만 하면 금세 소리가 이어졌다고 합니다.

이야기를 들은 형과 저는 결국 그 새 집 옆에 있던 공장에 화재가 있었다는 이야기를 하게 되었습니다. 그러자 형 친구의 얼굴이 창백해지면서 기겁을 하는 것이었습니다. 형 친구 할머니께서 귀신을 보셨다는 것이었습니다.

할머니께서 주무시는데, 누군가가 톡톡 창문을 치더랍니다. 2층인데 이상하다 싶어 자는 척하면서 창문을 내다보니, 창 밖으로 여자가 둥둥 떠다니면서 할머니를 쳐다보고 있었다는 것입니다. 처음에 형 친구는 그 말을 듣고도, 마당에 큰 나무가 있어서 연로하신 할머니께서 그것을 잘못 보셨을 거라고 생각했답니다.

그런데 얼마 지나지 않아 안방에서 주무시던 부모님께서도 비슷한 일을 겪으셨다고 합니다. 한두 번이면 그러려니 하겠지만, 매일 잠이 들려고 하면 창 밖에서 사람들이 뛰어다니는 소리가 들려온다는 것이었습니다. 아버지께서는 몇 번이나 도둑인 줄 알고 마당으로 뛰쳐나가 보셨지만, 역시 아무 것도 볼 수 없었고 화재 이야기에 부모님 이야기까지 듣게 된 형 친구는 정말 귀신일지도 모른다는 생각에 밤마다 들리는 소리에 잠을 이루지 못했다고 합니다.

그리고 며칠 뒤.

형 친구로부터 다시 한 번 놀라운 이야기를 듣게 되었습니다. 아무도 입주하지 않았던 공장 건물에서 화재가 또다시 발생했다는 것입니다. 이번에도 화재는 지하에서 시작되었는데, 도대체 어떻게 해서 불이 났는지 경찰의 감식원들조차 결론을 내리지 못했다고 합니다. 그리고 며칠 뒤 이 일은 뉴스에 등장했습니다.

뉴스에서는 '**동 괴담'이라는 타이틀로 방송되었던 걸로 기억합니다. 뉴스는 위에서 언급했던 소문으로 시작하여 화재로 인한 참사를 소개했는데, 놀라운 부분은 다음부터였습니다.

화재를 진압하고 건물 보수정리를 하는 도중 시멘트벽을 허물던 인부가 비명을 지르면서 지하에서 뛰쳐나왔다고 합니다. 어두컴컴한 지하 시멘트 벽 속에서 여자 시체가 발견된 것입니다. 이윽고 한 번도 본 적이 없었던 건물 주인의 인터뷰도 방영되었는데, 건물을 짓고 나서 입주한 사람마다 전부 사고사를 당했다고 합니다. 정확하게 기억나진 않지만 행방불명된 사례도 있고, 교통사고에서 피살까지. 여담이지만 시멘트 속 여인의 신분은 아직까지도 밝혀지지 않았다고 합니다.

그 후 건물 주인는 무속인을 불러 원혼들을 위한 굿을 했다고 합니다. 다행히도 굿이 효과가 있었던지 건물 옆 단독주택의 주인인 형 친구의 가족들도 밤새 괴롭힘 당하는 일은 없었다고 합니다.

몇 달 뒤에는 동네주민들의 민원으로 그 건물이 있는 길목에 가로등이 설치되었는데, 이상하게도 켜 놓으면 얼마 안 가 꺼져 있고, 켜 놓으면 얼마 안 가 또 꺼져 있고를 반복하여 무용지물의 상태로 길목을 지키고 있습니다. 저는 다시 그 길목을 지나다니기 꺼려하게 되었고, 대부분의 사람들도 밤에는 지나가길 꺼려하고 있습니다.

현재 그 길목에는 여러 주택이 들어섰지만, 화재가 있었던 건물에는 문 앞에 부적이 붙여 있는 상태로 아무도 입주하지 않고 방치되어 있는 상태입니다.

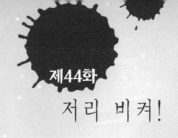

제44화

저리 비켜!

지금으로부터 40여 년 전, 제 어머니께서 직접 경험한 일이라고 합니다. 지금은 조금 여유롭게 이야기를 하시지만, 그래도 클라이맥스의 그 부분을 이야기하실 때는 정말 뭐라 표현할 수 없는 전율이 저에게까지 느껴지는 걸 보면, 정말 끔찍한 두려움이었나 봅니다.

우리 어머니의 젊을 적 사진을 보면 미인형 얼굴에 갸름한 체격이 매우 매력적입니다. 지금도 그렇지만 성격이 여리고 마음이 따뜻해서 별 것 아닌 일에도 금방 눈물을 흘리시곤 했다고 합니다. 아버지와 막 결혼을 해서 신혼집을 장만한 어머니는 그야말로 들뜬 기분으로 매일 매일 온 집안을 쓸고 닦고 했답니다.

어느 날, 그 날도 청소를 마치고 피곤해서 안방에서 쉬고 있는데, 갑자기 거울에 검은 그림자가 휙 하고 지나가는 게 언뜻 보였다고 합니다. 어머니께선 도둑고양이가 들어왔나 싶어 안방을 둘러보셨지만, 아무 것도 없어서 헛것을 본 것이라 여겨,

대수롭지 않게 생각했다고 합니다.

그런데 다음 날부터 거울만 보면 뭔가 오싹한 기분이 들고, 집에 혼자 있는 것이 무서워지기 시작했다고 합니다. 신랑(물론 믿음직스런 우리 아버지입니다)에게 이야기해 봐도 괜히 어린 아이처럼 군다며 장난 취급만 하였다고 합니다.

언젠가는 밤에 이런 일이 있었다고 합니다. 잠자리에 든 지 얼마나 되었을까? 방바닥이 왠지 들썩들썩 하는 느낌이 들더니 어머니의 몸이 갑자기 방바닥 속으로 쏙 빨려 들어가는 느낌이 들었다고 합니다. 어머니는 방바닥에서 벗어나려고 필사적으로 몸부림을 쳤답니다. 그런데 몸부림을 치면 칠수록 몸이 방바닥 밑으로 들어가서 온몸을 압박하더라는 겁니다. 얼마나 답답하고 무서운지, 어머니는 비명을 질러댔고, 누군가가 뺨을 후려치는 바람에 잠에서 깨었다고 합니다. 정신을 차리고 보니 아버지가 옆에서 걱정스러운 눈으로 쳐다보고 계셨다고 합니다. 아버지 말에 따르면 어머니가 주무시면서 계속 "저리 비켜! 저리 비켜!" 하며 쉰 목소리를 내는 바람에 놀란 아버지께서 어머니를 깨우려고 했는데 깨어나지 않자, 몸을 잡고 흔들며 뺨을 때렸다는 겁니다.

두려움과 걱정에 한숨만 푹푹 쉬는 어머니께 아버지는 "당신, 친정 식구들과 떨어져서 사니까 신경이 많이 예민해진 것 같아,

워낙 여린 데다 겁도 많잖아. 내가 옆에 있으니까 날 믿고 그저 마음 편하게 살아." 이렇게 달랬다고 합니다. 어머니도 그러겠다고 하시고는 다른 곳에 신경을 쓰려고 많이 노력했다고 합니다.

하지만 어머니에게 일어나는 이상한 일은 좀처럼 사라지지 않았습니다. 거울 속에서 무언가가 움직이거나 방바닥을 청소하면 이상한 소리가 들리는 것 같은 느낌을 받았다고 합니다. 어머니는 급기야 거울을 이불보로 가려 놓고 사셨고, 혼자서는 집에 계시려 하지 않았습니다. 하지만 문제는 밤이었습니다. 신혼부부이다 보니 아버지와 떨어져서 지낼 수는 없었기 때문이었습니다. 그러다 보니 밤마다 악몽에 시달리고, 어머니의 잠꼬대는 점점 심해졌다고 합니다.

"저리 비켜! 저리 비켜!"

"저리 비켜, 이 년놈들아! 안 비켜!"

"안 비키면 다 죽여 버릴 거야! 저리 비켜!"

어머니는 도저히 참을 수 없는 지경에 처하게 되었답니다. 그런 어머니를 구한 건 다름 아닌 겨울 추위였습니다.

겨울이 다가와서 방에 불을 때야 하는데 아무리 해도 방이 따뜻해지지 않는 것이었습니다. 그래서 아버지는 공사하시는 분을 찾아 난방 공사를 맡겼다고 합니다. 공사가 시작되고 한 시간쯤 지났을 무렵, 안방에서 작업을 하시던 아저씨 한 분이 얼굴이 파랗게 질려서 "우왁! 어흐흐!" 하는 비명을 지르며 밖으로 뛰쳐나오셨던 겁니다. 그러면서 하시는 말씀이,

"저, 저, 저기, 구들장 밑에 시, 시, 시체가……."

말을 잇지 못하는 아저씨를 남겨 두고 아버지와 다른 두 분이 안방으로 달려가자, 어머니와 아버지께서 주무시는 안방 구들장 밑에 시체 두 구가 나란히 누워 있더랍니다. 이 이야기는 곧 어머니와 아버지는 밤마다 시체 위에서 주무셨다는 뜻이 되는 겁니다.

어찌어찌 하여 시체 두 구의 수습이 끝나고 공사가 마무리되자, 어머니께 일어났던 일들은 언제 그랬냐는 듯 없어졌다고 합니다. 하지만 그 때의 공포가 어머니에게는 아직도 생생하게 남아 있다고 합니다.

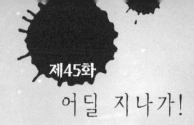

제45화

어딜 지나가!

연고를 알 수 없는 사람이 죽어 묻힌 무덤은 예로부터 불길하다 해서 사람들은 그 옆을 잘 지나다니지 않았습니다. 이 이야기는 그런 무덤에 얽힌 옛사람들의 말을 실제로 겪은 제 친구와 그 어머니의 이야기입니다.

친구의 어머니는 집 뒷산에 있는 절에 다니셨다고 합니다. 절이라기보다는 아주 작은 암자에 불과한 크기인데, 스님이 워낙 덕이 있으신 데다 신도들께도 참 잘 해 주셔서 숫자는 얼마 되지 않지만, 스님을 한 번 뵙고 설법을 들은 사람이라면 항상 그 스님께 의지하고, 스님께서도 늘 넉넉한 불심으로 신도들의 빈 마음을 채워 주었다고 합니다.

친구 어머님은 부처님오신날이 다가오면 등 만드는 것을 도우시느라 며칠 동안 그 절로 출퇴근을 하다시피 하셨다고 합니다. 매일 매일 절에 오르내리는 산 중턱의 길 옆에는 마치 사람이 사는 곳처럼 사람 어깨 정도 되는 담이 둘러져 있는 무덤이 있었답니다. 그 안에는 무덤과 비석 그리고 동물모양의 석상이 몇 개 있었답니다. 평소에는 아무렇지도 않게 지나치던 곳인데, 그날은 전혀 그렇지가 않았다고 합니다.

절실한 불교신자이셨던 친구 어머니와 친구는 부처님오신날 며칠 전이었던 그날도 아침 일찍부터 절에 올라가 등을 만들어 다는 것도 돕고 비빔밥이며 산채음식을 만드는 등, 절을 찾는 분들의 일을 도우며 시간을 보냈다고 합니다. 어느새 날이 저물자, 친구와 어머니는 손전등을 얻어 집으로 내려오려 하는데, 어떤 아주머니 한 분이 잠깐 불러세우더랍니다. 그러더니 한문이 적힌 등을 하나 주시면서 혹시 밤에 산을 내려가시는 분이 계시면 이것을 가져가게 하라고 스님께서 말씀하셨다는 겁니다. 하지만 등이라는 게 산길을 내려가다 보면 불편하기도 해서 두 사람은 그냥 손전등만 빌려서 내려왔더랍니다.

절을 나선 지 얼마 되지 않아 그 무덤 담벼락을 지나가게 되었다고 합니다. 그런데 이게 무슨 일인지 갑자기 어머니가 걸음을 딱 멈추시더니 담벼락에 머리를 박으시며 비명을 지르시더랍니다. 친구는 깜짝 놀란 것은 물론, 그러는 어머니가 너무나 무서워서 어찌할 줄 모르다가, 어머니 다리를 붙들고는,

"엄마 왜 그래? 엄마 왜 그래!" 하면서 울고불고 사람 살려달라고 소리도 지르며 안간힘을 썼다고 합니다. 그러는 사이에도

어머니는 머리를 담벼락에서 떼지 않으시고 계속 비명을 질러 대셨다고 합니다.

한참을 그 두려움과 싸우고 있는데, 산 위 쪽에서 불빛 하나가 빠르게 내려오더랍니다. 불빛의 정체는 바로 스님이었고, 스님께서는 등불을 들고 큰 소리로 염불을 외기 시작하셨답니다. 그러자 친구 어머니께서는 앞으로 푹 쓰러지시더니 스님께서 들고 계신 등과 친구의 손을 잡고는 미친듯이 산 아래로 뛰어가시더랍니다.

친구는 영문도 모르고 어머니 손에 이끌려 눈 깜짝할 사이에 집에 도착하게 됐는데, 정신을 차리신 어머니의 말씀을 듣고는 너무나 두려운 생각이 들었다고 합니다. 어머니께서 하신 말씀은 이랬습니다.

막 그 무덤을 지나려고 하는데 갑자기 담벼락에서 손이 나와 어머니의 뒷머리를 낚아채더랍니다. 그러더니 앙칼지고 찢어지는 듯한 여자의 목소리가 "어딜 지나가!!!" 하더라는 겁니다. 어머니는 순간 깜짝 놀라고 또 무슨 영문인지도 몰라, 손전등을 쥐고 있던 손을 뒤로 뻗어 어머니의 뒷머리를 잡은 손을 뿌리치려고 했답니다. 그런데 어머니의 손에 잡힌 그 손목에서 살점이 뚝뚝 떨어져 나가며 뼈만 남더라는 것입니다. 그리고 그 정체 모를 손에는 더욱 센 힘이 가해지면서,

"어딜 지나가!"

"어딜 지나가!!"

"어딜 지나가!!!"

하더라는 겁니다. 머리가 떨어져나갈 듯이 아프고, 한편으로는 아들이 걱정된 어머니는 계속 비명을 질러댔다고 합니다. 그 때 마침 스님께서 내려오셨고, 불경을 외기 시작하자 그 무덤 담벼락에서 나온 손은 더욱더 세게 힘을 주어 머리채를 잡아당기더니 결국은 포기하고 휙 내던지 듯 밀더랍니다. 친구는 그런 어머니 말씀을 차마 믿을 수 없었다고 합니다. 그런데 한숨을 쉬시면서 뒷머리를 쓸어내리시는 어머니의 손에 머리카락이 한 웅큼 잡혀 나오고 그 머리카락이 빠진 부분의 두피는 상처가 나고 피멍이 들어 있었다고 합니다. 그제야 친구는 머리끝까지 소름이 돋았고, 밤새 잠 한 숨 못잤다고 합니다.

그리고 얼마 후, 스님께서 들려주신 이야기는 이렇습니다.

몇 년 전 절에서 요양하던 젊은 여자가 죽었는데, 죽을 때 이 승에 한을 남기고 죽은 터라, 집으로 시신을 돌려보내지 못하고

절 가까이 묻어 두고는 직접 관리하셨답니다. 그런데 그날 스님께서 가만히 보니 그 여자 귀신이 장난을 칠 운세였다고 합니다. 그래서 혹시 밤늦게 귀가하시는 분이 있으면 그 여자 귀신에게서 보호해 주시려고 경문을 적은 등을 만들어 두셨는데, 그걸 친구 어머니께서 가져가지 않으신 겁니다.

그 일이 있은 후 친구네는 다른 곳으로 이사를 갔고, 그 절과 스님 그리고 그 원한을 간직하고 죽은 여자의 무덤이 어떻게 되었는지 들은 소식은 없다고 합니다. 물론 그 동네와 그 절이 있는 산에는 두 번 다시 가지도 않았다고 합니다.

잠들 수 없는 밤의 기묘한 이야기

http://thering.co.kr

「잠들 수 없는 밤의 기묘한 이야기」는 도시괴담, 실화괴담 등 여러 괴담을 중심으로 공포만화, 공포영화, 공포게임 등 공포에 관련된 전반적인 소재를 다루는 블로그로 공포물에 대한 인식 변화 및 저변확대를 위해 노력하고 있다.

사이트 운영

송준의

現 문화창작기획 〈뭉크〉 대표

정말로 있었던
무서운 이야기

4*6판 | 송준의 엮음 | 238쪽 | 9,500원

이 책에는 공포와 관련된 다양한 이야기들이 나옵니다. 그리고 이 공포 이야기들이 기존의 이야기들과 다른 점은 지어낸 이야기가 아니라, 실화 즉 우리 주위의 사람들이 직접 체험한 공포 이야기라는 것입니다.

죽은자들의 방문
무서운 이야기 II

4*6판 | 송준의 엮음 | 284쪽 | 9,500원

공포 이야기는 우리 인간에게 언제나 묘한 매력을 발산합니다. 왜일까요? 그것은 바로 공포란 무엇인가라는 질문이 우리 안에서 꿈틀거리고 있기 때문일 것입니다. 그렇다면 진정 '공포'란 무엇일까요? 그 해답을 알고 싶다면 당장 이 책을 펼쳐보세요.

영혼의 조종자
무서운 이야기 III

4*6판 | 송준의 엮음 | 281쪽 | 10,000원

기존의 공포 소설이 작가의 억지스런 상상력을 통해 나온 것에 비해 직접 경험하고 체험한 이야기를 실었다는 점에서 격을 달리합니다. 가장 현실적이고 공포감이 높은 것만을 엄선하여 책으로 엮은 것으로, 읽고 난 후에 밀려오는 공포는 가히 메가톤급.

공포의 그림자
무서운 이야기 더 파이널

4*6판 | 송준의 엮음 | 236쪽 | 10,000원

여기, 지금 우리와 함께 살아가고 있는 괴담! 당신이 경험할 수 있는 아주 특별한 공포가 다가온다. 책을 펼치는 순간 스멀스멀 파고드는 공포의 스펙트럼! 천만 네티즌이 선택한 무서운 이야기의 결정판!